U0109072
女媧

月母

王亥

神火

新說山海經

創世卷

張錦江等 著

中華教育

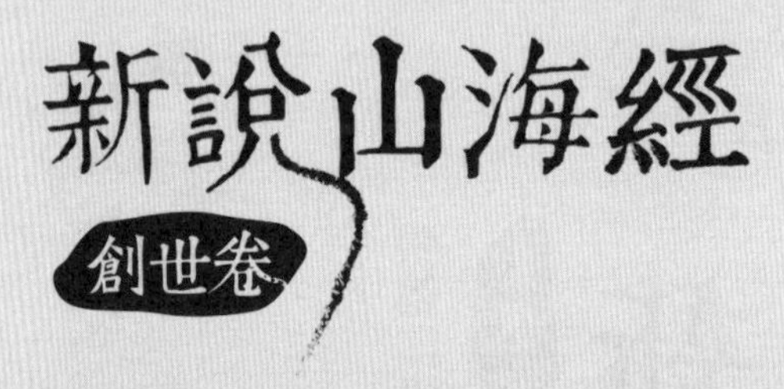

責任編輯 楊安琪
裝幀設計 陳淑娟
排　　版 陳淑娟
印　　務 劉漢舉

張錦江等◎著
上海颸爾文化傳播有限公司◎插畫

出版　中華教育
香港北角英皇道四九九號北角工業大廈一樓B
電話：(852) 2137 2338　傳真：(852) 2713 8202
電子郵件：info@chunghwabook.com.hk
網址：http://www.chunghwabook.com.hk

發行　香港聯合書刊物流有限公司
香港新界荃灣德士古道220-248號
荃灣工業中心16樓
電話：(852) 2150 2100　傳真：(852) 2407 3062
電子郵件：info@suplogistics.com.hk

印刷　美雅印刷製本有限公司
香港觀塘榮業街6號
海濱工業大廈4樓A室

版次　2021年9月第1版第1次印刷

規格　16開 (230mm×160mm)
ISBN　978-988-8759-68-2

總序 愛琴海與黃河的神源

當希臘神話融落在愛琴海中，愛琴海就有了神祕且迷人的魅力。

那時，我坐在一艘白色的遊輪上，由希臘的雅典到聖托里尼島去。

玻璃舷窗映着五月的陽光，海水深藍，泛着亮晶晶的波光，蕩漾着碎碎的波紋。我凝視着這無垠的平靜的海。

我在翻閱一本藍色的大書，書上有一個名字：荷馬。

這是古希臘偉大的盲人詩人。他為人類留下了宏偉巨著《荷馬史詩》。這部希臘神話經典講述的是由神的一個金蘋果引發的一系列故事，其源頭正是希臘民間神話傳說。

海的波褶中浮現出智慧女神雅典娜、天后赫拉、美神阿芙羅狄蒂縹緲的身影……

我在雅典衛城的巨石城堡中見到了巴特農神殿雅典娜塑像的原址，雅典娜不見了，只剩下空殿；我在靈都斯古鎮仰望了勝利女神的斷翼石、多乳女神的殘胸碑；我在奧林匹亞瞻仰了神中之神宙斯與天后赫拉的神廟遺跡——那些完整的與倒塌的帶棱角的巨型圓柱；我還在德爾斐宗教聖地，於一塊鐘形的石柱前流連忘返，注視着這個被稱為「世界的肚臍」的地方，聆聽着音樂之神、太陽之神——美少年阿波羅那關於預言石與阿波羅神廟的傳說。

海面上流淌着、升騰着阿波羅豎琴的樂曲聲。

我在希臘這個神的國度裏，從那些數千年的斷瓦殘磚、古堡、石柱、垣壁中傾聽着一個又一個美麗而奇妙的神話傳說，隨便翻一片磚瓦，神話故事就會像一隻隻活靈靈的蟋蟀蹦跳出來。神話無處不在，神話無處不有。無論是牛頭人身怪米諾陶洛斯，還是看一眼就讓人變成石頭的女妖美杜莎，又或是一歌唱就讓人丟魂的人頭鳥塞壬……它們都浸潤在希臘人的血液中，是獨屬於希臘的文化財富。受其影響，古希臘悲劇產生並盛行起來，埃斯庫羅斯的《被縛的普羅米修斯》，索福克勒斯的《俄狄浦斯王》《厄勒克特拉》，歐里庇得斯的《巴克斯的信女》《美狄亞》等名劇流傳至今。蘇格拉底、柏拉圖、亞里士多德等人也深受希臘神話的影響。希臘神話也影響了歐洲的文明，但丁、歌德、莎士比亞、達·芬奇、拉斐爾、米開朗基羅等人受其薰陶，將歐洲文化推向輝煌。

這平靜碧藍的海呀，怎麼變得混沌咆哮起來？

我想起了黃河。

那年，我漫步在鄭州的黃河之濱，看見一尊由褐色花崗巖

石雕琢而成的黃河母親的塑像，那是一個溫柔而豐腴的母親，她仰臥着，腹部上趴着一個壯實的男孩，意指黃河是中華兒女的母親河。而黃河文化的始祖——炎黃二帝的巨石半身雕像就在高聳的向陽山上。一側的駱駝嶺主峰上站立着大禹的粗麻石塑像，大禹頭戴斗笠，身穿粗布衣，右手持耒，左臂揮揚，智目慧相。基座上嵌碑刻題八字：「美哉禹功，明德遠矣。」

炎黃二帝、大禹都是《山海經》中的人物。《山海經》記述了炎黃二帝始創中華，大禹治理黃河定九州的故事。

這時，在我的眼前，黃河的驚天巨浪翻湧而起，一部大書被托舉在高高的濤峰上。

這就是《山海經》。

這部成書於先秦時期的《山海經》，分《山經》《海經》兩部。《山經》又分《南山經》《西山經》《北山經》《東山經》《中山經》；《海經》又分《海外南經》《海外西經》《海外北經》《海外東經》《海內南經》《海內西經》《海內北經》《海內東經》《大荒東經》《大荒南經》《大荒西經》《大荒北經》《海內經》。全書三萬一千餘字。這是一部記載中國遠古時代山川河嶽的地理書；這是一部講述中國遠古部落戰爭的歷史書；這是一部關於中國遠古英雄的傳奇書；這是一部關於中國遠古列國的民俗書；這是一部關於中國遠古巫術的玄幻書；這是一部關於中國遠古神怪的百科書；這是一部關於中國遠古草木的參考書。

這部極具挑戰性的古書、奇書、怪書，吸引了中國歷代無數的聖者、智者。太史公司馬遷曾在《史記·大宛列傳》中寫道：「至《禹本紀》《山海經》所有怪物，余不敢言之也。」他對《山海經》的怪物不敢說，可見太史公的疑慮。東漢班固在編撰《漢書·藝文志》時，將《山海經》列為「數術略」中「形法類」之首，認為這書是用來占卜凶吉的，與巫有關。晉代郭璞嗜陰陽卜筮之術，神馳《山海經》並為其作註，成史上註釋《山海經》第一人。田園詩人陶淵明熟讀《山海經》，寫下十三首《讀〈山海經〉》詩。北魏地理學家酈道元在其著作《水經注》中引《山海經》百餘條。隋代訓釋《楚辭》的名家釋智騫也頗得益於《山海經》。「唐宋八大家」之一的柳宗元在《行路難》中引用了夸父追日的傳說，而歐陽修則寫有《讀山海經圖》一詩。

《山海經》也為中國志怪小說、神話小說提供了素材，《西遊記》《封神榜》《神異經》《搜神記》等小說都受到了它的影響。現代文學家魯迅、茅盾、聞一多等人也很關注這部古怪的大書。魯迅在《中國小說史略》第二篇「神話與傳說」中指出，小說的淵源是神話，並首推《山海經》為其源頭。又稱：「中國之神話與傳說，今尚無集錄為專書者，僅散見於古籍，而《山海經》中特多。《山海經》今所傳本十八卷，記海內外山川神祇異物及祭祀所宜……與巫術合，蓋古之巫書也……」魯迅的說法與班固對《山海經》的看法幾乎是一致

的。魯迅對《山海經》情有獨鍾，不僅肯定了《山海經》是中國文化之源、中國小說之淵，而且寫下了由《山海經》中的素材引發創作想像的三篇小說，即《故事新編》中的《補天》《奔月》《理水》。茅盾從研究希臘神話延伸到研究中國神話，寫下了《中國神話研究 ABC》。這是希臘神話與中國神話的第一次神靈交匯，書中第七章專門寫了《山海經》中的「帝俊與羿、禹」。茅盾寫道：「宙斯是希臘的主神，因而我們也可以想像那既為日月之父的帝俊，大概也是中國神話的『主神』。」又寫道：「神性的羿實是希臘神話中建立十二大功的赫拉克勒斯那樣的半神的英雄。」

混沌深沉的黃河呀，是中國神話原始大書《山海經》之母，也是中國文化的源頭。它與蔚藍的愛琴海相映成輝。我在愛琴海上想着黃河的千古絕唱，因此有了編創《新說山海經》的念想。

是為序。

張錦江

2016 年 4 月 22 日下午草於坤陽墨海居

創世卷概說

這是《新說山海經》的第四卷。

《山海經》中的創世神大都是天帝本人及其後裔。《山海經》中關於創世神的記載僅有一些不完整的隻言片語。如炎帝的孫子伯陵有三個兒子，殳發明了箭靶，鼓與延發明了樂鐘，並創作了樂曲與音律。帝俊的第三代孫番禺發明了船，第五代孫吉光用木頭製作了車子。又說，帝俊的三代孫巧錘，創造了世間的各種工藝技巧。少皞帝的兒子般發明了弓和箭。帝舜的孫子叔均發明了牛耕田。還說，有十個神人，名叫女媧之腸，是由女媧的腸子變化而成神的。還有獸身人面、乘着雙龍的火神，會吐絲的蠶神，創造十二生肖、時辰、月份的月母，等等。這些神祇都是中華民族的創世神。本卷把上述關於創世神的零星記載摘取出來，經過巧妙構思，重新創作出一個又一個美麗而激動人心的神話故事，讓中華民族的創世神的故事得以更好地流傳。

《新說山海經（創世卷）》中共有十篇故事，

選取了《山海經》中的十位創世神：女媧、祝融、王亥、番禺、后稷、蠶神、夏后啟、常羲、瑤姬、神農。這十位創世神各自都有着動人心魄的傳奇經歷。在本卷中可見到：女媧造人補天（《女媧》）；祝融播火人間（《神火》）；王亥制伏野牛（《牧神》）；番禺雕石建船（《百巧兒》）；后稷播種耕田（《田神》）；蠶神吐絲織造（《蠶神》）；夏后啟傳樂民間（《歌舞之神》）；常羲孕月記時（《月母》）；瑤姬傳播美善（《美神》）；神農嚐草濟世（《神農》）。

註：本書中涉及的《山海經》原文參考上海古籍出版社 2015 年版的《山海經》。

目錄

女媧

張錦江 文

有木，青葉紫莖，
玄華黃實，名曰建木，
百仞無枝，有九欘，
下有九枸，其實如麻，
其葉如芒。
大皞爰過，黃帝所為。

【海內經】

一

有一隻葫蘆漂流在黑暗的水面上。這隻葫蘆很大，裏面足足容得下一頭獅子，但在無法形容的狂風惡浪中，這隻葫蘆就像一片羽毛一樣漂來蕩去。這是一個沒有天、沒有地的宇宙，混沌污濁，不見一星亮光。

這隻葫蘆漂流了多久？誰也不知道。也許有一千年，也許有一萬年，因為這個世界還沒有時間的概念。最終，這隻葫蘆停止了漂泊，被一座山擋住了。如果能摸一下這隻葫蘆的話，你會覺得它是那麼光滑而冰涼。確實，它不是一般的葫蘆，這隻葫蘆是雷神的一顆牙齒種入土中後結出來的。雷神住在雷澤之中，雷澤是一片很大的湖。雷神長相奇特，人面龍身，他拍一下肚皮，就會發出打雷一樣的聲音。這雷神也非一般神仙，他主司雷雨，後戰勝其他四天帝，成為五天帝之首的中央天帝黃帝，也就是說，他是大神中的大神。此刻，這葫蘆裏裝着雷神的兩個孩子，他們雖然是神的孩子，終究弱小，為避凶險，便裝在葫蘆中護着。突然，只聽葫蘆發出一聲爆響，裂開一條縫，隨後從裂縫裏爬出兩條小蛇來，蛇頭卻是人的腦袋，一條長着男人的頭，一條長着女人的頭。男蛇的嘴裏銜着一顆夜明珠，閃着藍熒熒一團球形的光，荒古的山野也被照得藍熒熒的了。男蛇叫伏羲，又叫太皞，他就是後來的東方天帝。女蛇叫女媧。兩條小蛇的母親是華胥夫人。那日華胥夫人遊雷澤，見湖灘上有一個大腳印，覺得好玩，踩了一下，回來就有了身孕，一懷十二年，先生下伏羲，後來，又生下女媧。也就是說伏羲與女媧是同父同母的兄妹。

兩條小蛇在夜明珠的照耀下，爬上了山頂。這山也非同尋常，叫崑崙山，在亙古是神仙出沒之處。

男蛇攀上了一棵大桑樹，鬆開口銜的夜明珠，讓它垂掛在一個枝杈上，然後，口銜了一片桑葉，下了樹，又口對口把桑葉送到女蛇口中。女蛇銜着桑葉吹嘯起來，吹出的聲音很好聽，是一支自然流淌的有節拍的曲子。男蛇與女蛇就在大桑樹下和着曲子翩翩起舞，扭動起來。男蛇與女蛇的柔軟彎曲的蛇身，隨意地搖擺、扭動，顯得非常柔美。男蛇與女蛇越扭越歡快，越扭越緊挨在一起，最後首尾相交，男蛇的頭與女蛇的頭相偎相依，男蛇的蛇身與女蛇的蛇身纏在一起，兩條尾巴也絞纏得緊緊的。

男蛇的臉與女蛇的臉在夜明珠藍熒熒的光的映照下，顯得很是好看。男蛇有着粗獷、奔放的濃眉，黑白分明的大眼睛裏閃爍着不滅的光芒；女蛇有着飄逸漆黑的長髮，秀麗長眉下的眸子裏閃現出萬般風情。

混濁的狂風呀，停一停。凶險的惡浪呀，息一息。

用荒古的桑葉吹奏出的美妙的曲子，裹挾着原始的狂歡。

男蛇與女蛇的交歡舞，不知跳了多久。男蛇與女蛇累了，纏繞不分地扭在一起，在大桑樹下睡了。

二

男蛇與女蛇醒來了。

男蛇與女蛇不再是蛇身。

這是兩個赤身裸體的男人與女人相擁着。

兩人對望了一眼。隨即轉過頭不敢再看。

女媧低頭望了望自己豐腴白淨的身子，臉頰緋紅，害羞地推開了伏羲。隨即他們聽到一聲劈雷炸響。這是天譴，也是父親雷神的警告。

伏羲趕緊爬了起來，驚恐萬狀地逃得遠遠的。

女媧緊縮成一團，眼睛閉得死死的不敢睜開。

伏羲覺得自己從來沒有這般精力充沛過，他的身體一下子長大了許多，頭顱變得很大，手臂粗壯結實，身板像山巖一樣堅挺，雙腿一站，那棵大桑樹矮得像一根小草。伏羲越長越大，只見他舒展了手臂，往上一伸，天，慢慢地被他推高了，地，慢慢地下墜了。就這樣，天日高一丈，地日厚一丈，伏羲日高一丈。伏羲推着推着，覺得不對勁，中央的天穹已被推得高高的，露出了青白色的天幕，而天與地的邊緣還牢牢地黏連着，天就像個無比高大的圓蓋罩在地上。伏羲停止了使力，他趴伏在山巖上，想使勁把天與地黏連處扯拉開來，他用盡了力氣，汗水直流，卻怎麼也扯不開。他很是焦急，情急之下，一把掰開了一座山峰，那山峰有百丈之高，現在變成了他手中的鑿子。他奮力用這巨峰鑿子往天地相連處鑿去，一鑿子就是一個窟窿；然後，又用另一隻手揪住一個山頭，揪下的山頭也是百丈以上，偏巧形狀像把大斧。他掄起這巨石斧便砍，一斧子就劈開一個大縫隙，就這樣左手執鑿，右手持斧，或用斧劈，或用鑿戳，天與地相黏連的地方終於分開來了。

這時，伏羲繼續舉起雙臂朝上托天，將天與地完全分離。天，越來越高，地，越來越下墜，伏羲托天踩地，越長越大，直到把天推到離地九萬里處才停了下來，伏羲也長到九萬里高。清濁二氣開始升降，清者上升為天，濁者下降為地，自此混沌荒古被完全劈開了。為了使天不再塌陷下來，伏羲用力拔起一座最高的山峰，作為天柱頂住天穹，這山叫不周山。做完這一切，伏羲再也沒有氣力了，他的氣力已耗盡在宇宙之中，他站立不住，身子一歪斜便轟然倒下。

天空頓時染上一片玫瑰紅色。

伏羲仰躺着，身軀四肢橫跨江海山嶽，只過了一個時辰就消失得無影無蹤，他的氣成了風雲，聲為雷霆，左眼為日，右眼為月，四肢五體，為四極五嶽，血液為江河，筋脈為地理，肌肉為田土，髮髭為星辰，皮毛為草木，齒骨為金石，精髓為珠玉，汗流為雨澤，身之諸蟲。自此，伏羲化為宇宙萬物。

三

伏羲的死讓女媧非常傷心。

她覺得自己曾經做過一些玫瑰色的好夢，又覺得好像什麼夢都沒有做過。不過，那個昏暗的荒古世界變了樣，天是天，地是地。山尖上的太陽像滾燙的火球在燃燒着，白冷的月亮在山尖的另一面半空懸着。山上有綠茸茸的松樹，桃花像停在枝頭的粉色蝴蝶。但是，那個人沒有了，那個她的人沒有了。他丟下了一座被他掰下來當鑿子的殘峰，還有一座被他掰下來當斧子的斷巖，那顆夜明珠還懸在桑樹杈上，只是現在世界有白天黑夜了，白天看不到夜明珠發的光。還有那葫蘆呢？已消失得無影無蹤了。那個人，那個叫伏羲的兄長也消失得無影無蹤了。

女媧流淚了。

她依偎着他留下的殘峰斷巖，在哭。

她嬌媚的臉蛋上淚痕斑斑。

她腳下有山泥。她的淚水滴到山泥裏。她信手用淚水和着山泥揉捏起來，捏來捏去便捏出一個與伏羲模樣差不多的小人兒來。女媧心裏明白，這是自己思念所致。她將小人兒放在兩手的掌心裏玩着。玩着玩着，那個小人兒伏羲忽然仰起臉對她說話了。小人兒吱吱在叫，她一句也聽不懂，她詫異了，不自覺地摸了摸小人兒伏羲的臉。小人兒伏羲聽任她撫摸，顯出很舒服的樣子，兩隻小眼睛一動不動地瞅着她看。她手裏繼續不停地揉捏，呼吸有點急促起來，這工作使她有點興奮。不一會兒，她便又捏出一個與自己相像的小人兒托在掌心。這是兩個像伏羲與女媧的小人兒。這兩個小人兒一見面就快活得擁抱起來，然後兩個人口裏銜着葉片，吹出曲子，雙雙跳起舞來。

「呀！」女媧吃了一驚，每個毛孔裏都有湧動的熱流，她把兩個小人兒往山地上一甩。兩個小人兒又吹曲子又跳舞沒有停息下來，而且從兩個變成了三個、四個、五個、六個……小人兒越來越多，他們圍在女媧的腳邊繞着圈子跳舞，密密麻麻，吹曲聲與歡快的尖叫聲此起彼伏，吵得翻天覆地。

太陽變成了橙紅色，懸在山尖上。

無數個小人兒伏羲與女媧齊聲唱着一支歌：「起於一，立於三，成於五，盛於七，處於九……」

女媧不知其意，橫豎聽不懂。

女媧汗也出來了，呼出的氣也是滾燙的。她用那帶着泥土的手指頭去撥了撥那些跳舞歡唱的小人兒，嘴裏輕聲說道：「啊啊，可愛的小東西。」她抿着小嘴笑開了。她笑得那般嫵媚動人，眉梢也飛翹了起來。

轟！

剛才還掛在山尖上的太陽突然消失了。天昏暗下來。隨即拍天大浪捲了過來，數不清的小人兒全都被浪捲走了。女媧也被什麼堅硬的東西重重地一砸，暈死了過去。

四

擎天的不周山突然斷了。

此時黃帝正與炎帝兵戎相交，炎帝兵敗，黃帝部下顓頊對炎帝手下的紅髮水妖共工窮追不捨，共工一怒，用頭撞斷了不周山。於是天崩地塌，伏羲的事業毀於一旦。

女媧甦醒過來。她平躺在山崖上，眼前的景象讓她驚呆了。天地昏暗，洪水氾濫，大浪不時劈頭蓋臉倒將下來，沖得她搖來晃去，不得安穩。

那棵桑樹還在。伏羲口含的那顆夜明珠還在樹杈上，藍熒熒的光還亮着。

女媧坐穩了身子，盯着藍熒熒的光細細看。她心裏十分不甘，伏羲的事業不能就此被毀。

她站了起來，往海上看去。遠遠地看見那海水翻滾，像燒開了一樣，正朝她所在的這座山崖席捲而來。浪濤上空盤旋着一個黑乎乎的身影，那是一條龍，一條兇狠的黑龍，她斷定水患是由這黑龍引起的，她有了主意，必須把黑龍除掉。

女媧搖身一變，變成了一隻巨大的五彩鳳凰，每根羽毛都發出五彩的光。殘缺的天幕，也湧出了五彩雲朵。只聽呼嘯一聲，五彩鳳凰騰空而起，直撲黑龍而去。

黑龍龍目圓睜，齜牙咧嘴，帶着黑雨腥風，迎面而來。五彩鳳凰搧動着長長的大翅膀，雙爪握着一桿特長的金槍，劈頭便朝龍目刺去。黑龍捲起一陣黑風，舞動四隻鋒利鋼爪，擋住金槍，又甩頭張開大口亂咬。五彩鳳凰圍着黑龍舉槍刺擊，黑龍毫不示弱翻騰對戰。天空中捲起一團黑光，一團五彩光。戰着戰着，鳳凰的五彩金光越發光亮無比，照得黑龍凸起的眼睛也睜不開了。黑龍「嗖」的一聲，竄進了海裏。

女媧定睛一看，黑龍變成了一條大黑鯊，女媧也往海水裏一鑽，從五彩鳳凰變成了一條比大黑鯊更大的大白鯊。大白鯊張開的嘴可以吞下十條大木船，牙齒像大砍刀，大黑鯊還未張口，就扭頭逃走了。黑龍游着游着又變成了一隻海豹，靈活異常，女媧隨即變成了一頭海獅，兇猛厲害。黑龍又怕了，還是逃，一會兒突然不見了。女媧覺得奇怪，她仔細搜尋着，在四周綠色的海草中發現有一株海草是黑色的，海草哪裏有黑色的呢？她隨即變成了一條專門吃海草的青斑魚，上去就咬。那株黑色的海草一眨眼就變得沒有了。女媧的判斷是準確的，黑色海草是黑龍變的。

黑龍又恢復了原形躥出水面。女媧也變回了五彩金鳳凰緊追不捨。奇怪的是黑龍並不抵抗，直往那棵大桑樹飛騰而去。女媧心裏一驚，莫非黑龍是要去奪取大桑樹上的夜明珠？她知道，這夜明珠就是龍珠，黑龍是妖龍，口中並無龍珠，一旦牠得了龍珠，黑龍就不再是妖龍，而是神龍了。女媧情急之下追殺過去，要阻止黑龍不讓牠得逞。眼看黑龍就要吞下夜明珠，誰知這夜明珠也是神物，集伏羲的靈氣、正氣、陽氣於一身，遇到邪風惡氣會自動避開。而黑龍正是邪氣、惡氣、黑氣的化身，牠一口下去，並未吞着夜明珠，那藍熒熒的珠子飛走了。黑龍豈肯甘休，張着大口狂吞亂咬，夜明珠則忽上忽下，忽左忽右，像個小精靈一樣飄來飄去，不讓黑龍近身。黑龍吞咬得性起，放鬆了對五彩鳳凰的警戒。女媧揮舞金槍刺中了黑龍左眼，黑龍左眼瞎了，接着女媧又刺了一槍，黑龍的右眼也被挑了出來，黑龍成了瞎龍，亂滾翻飛起來。女媧瞅準黑龍的喉嚨，狠狠刺下去，黑龍的喉嚨被捅出了一個大窟窿，牠「轟」的一聲從空中栽了下去，化成了一攤帶着腥味的黑泥。

女媧殺死了黑龍，渾身疲軟，癱坐在大桑樹下。

那顆夜明珠又回到了桑樹杈上，柔和的藍光靜靜地灑着。

女媧深情地望着那顆夜明珠，心想，是伏羲的精氣神助她殺了黑龍。她累了，迷迷糊糊睡着了。

五

女媧夢見了伏羲。然而一睜開眼，夢見伏羲的細節都記不清了，但她確信自己在夢中是見到了伏羲。

海上的波瀾已經平伏了許多。天雖塌了，天幕的四角也陷了下去，但空中的太陽還明晃晃地懸着，月亮像冰片似的掛着，森林還是綠的，桃花還零星地紅着。只是天幕上出現了一道很大的裂縫，在裂縫不遠處，森林的山火還在熊熊燃燒着。

女媧思索着，該如何修補這個殘缺的世界。

正想着，女媧覺得自己的肚皮有點癢。她撩起了草裙——如今她不再光裸着身子了，她用一種散發着清香的草編織出了衣裙，她漆黑的長髮也用細細的藤條紮了起來，還插上了一枝鮮嫩的紅花。

女媧發現自己的小腹被劃破了，從那裏露出了腸子。她不清楚這是在與黑龍打鬥時被黑龍的爪子劃破的，還是天塌時被尖利的石塊刺破的。

但女媧並沒有疼痛的感覺。傷口處，腸子在蠕動，不一會兒，從腸子裏爬出一個小人兒，這小人兒不像先前她用山泥捏出來的那些，他小雖小，但衣冠楚楚，爬出來後還朝女媧打躬作揖。女媧驚訝不止，不知所措。過了一會兒，又從腸子裏爬出一個小人，這個小人與前一個長相不一樣，穿着打扮卻一模一樣。就這樣，從女媧的腸子裏一連爬出了十個小人，都是一樣的穿着。

這十個穿衣的小人兒，整齊地排着，低眉順眼，蠕動着嘴唇在說話：「聖母，我等是您誕育的十神腸人，謹聽聖母指示。」女媧不知何意，只是「啊，啊」應了兩聲。

女媧想起先前用山泥捏的小人兒。洪水剛退，山石上都有積水，她用水和着軟軟的山泥，不由自主地又做了一個與伏羲一樣的小泥人兒，那小小的伏羲在她掌心裏東張西望。女媧猶豫起來，是否要再做一個自己模樣的小人兒，她終究沒有做。不料，十神腸人也學着她揉捏泥人兒，揉捏了半晌，做出的泥人兒不是斷頭就是斷腿斷胳膊，沒有一個活的。女媧耐心地教這十神腸人，並給他們作了分工。女媧還給十神腸人都起了名字，譬如上駢、嘯葉、桑林等等，這些名字的含義只有女媧自己懂，別人無法知道是什麼意思。她讓上駢做頭顱，噈葉做耳目，桑林做手足……女媧有七十變化，她把人的身體也分成七十個部分，一一指給十神腸人看，然後十神腸人就開始做泥人了，他們把人的泥巴部件一個一個拼湊起來，就做出了一個完整的人。那些小人兒在十神腸人與女媧身邊擁簇來擁簇去。那個伏羲小泥人兒被淹沒在小泥人群中找不着了。

女媧有了十神腸人做幫手，便讓他們去捏小泥人兒了。她自己必須想辦法把塌陷的天角頂立起來，把那破損的天補起來。

女媧看見平靜的海面上漂浮着四座山，她伸出手臂一拉，就把這四座山拉到了身邊。她又看到四隻遊耍的鰲，這一隻鰲的背上能擱一座山，你說，這是多麼大的鰲。她對領頭的鰲說：「我要你們馱着這四座山把塌下的天頂起來，你們願意嗎？」領頭的鰲說：「聖母，還用您說嗎？伏羲大帝派我們來，就是聽候您吩咐的。」女媧一聽伏羲未死，心中大喜，就把四座山都擱在了鰲背上，然後說：「給我馱到天的四極去，永遠馱着它們頂住天！」四鰲點頭背山向四極游去了。

四鰲自然準確無誤地把天的四角頂住了，像四根頂樑柱撐起了無邊無際的大房頂，天一下子亮了許多。

女媧仰起脖子望了望天，天上的裂縫像一條粗粗的溝渠，很深，很闊。這樁修補天上裂縫的心事，她在掂量着。

這時，一陣風吹過來，吹散了她長長的頭髮，那頭秀髮波浪似的飄動着。她順勢盯住了一片蘆葦蕩，走過去拔蘆葦，一捆一捆地拔，一邊拔一邊把它們堆在天的大裂縫下面。她沒完沒了地拔着、堆着，不知過了多少時日，她豐滿的身軀開始消瘦下去，白淨的臉變得黝黑。滿目的景色遠不如從前，抬頭是開裂的天，低頭是破陷的地。沒有什麼值得開心的地方。

蘆葦終於被堆到天裂的地方。女媧去找補天的石塊了。原先她想找與天色一樣的青色石塊，找到了幾塊純青色的，石的質地也不錯，之後再找卻沒有找到。崑崙山的青石很少，白石居多，她只能以白石為主，又找了一些精美的紫石，還在澗水裏找到一些畫眉石、水晶石、黑砂石、孔雀石，這些石塊湊在一起變成五彩的了。她把找來的石塊都填到天的裂口裏，總算填平了。她深深地吁了一口氣，現在只要把蘆葦點着，石塊一熔化，天就補好了。她覺得自己的力氣已經耗盡了，想休息一下喘口氣。她坐在一塊不平的山巖上，雙手攏了一下飄散的頭髮，瞟了一眼遠處森林還未熄滅的大火，她決定用一棵燃燒着的大樹來點着蘆葦。她正要起身，腳趾頭碰到了什麼東西，一看是泥捏的小人兒。小人兒密密麻麻在她腳邊竄來竄去，她怕踩着他們，躡手躡腳地走開了。她現在顧不了他們，她必須趕快去點燃蘆葦。

女媧點燃了蘆葦。蘆葦雖不乾燥，但經風一吹，大火就熊熊地燃燒起來，發出爆裂的聲音，這已不是火柱，而是衝天大火。天燒紅了，那些五彩的補天石都熔化為紅紅的巖漿

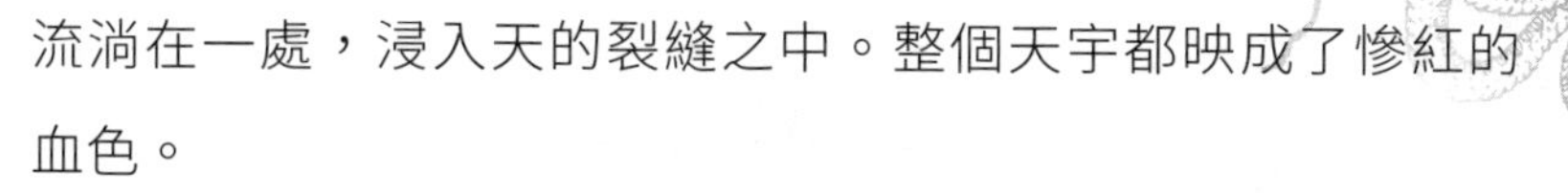

流淌在一處，浸入天的裂縫之中。整個天宇都映成了慘紅的血色。

大火熄滅之後，煙灰飄散開來。蘆葦化成了一堆堆厚厚的灰燼。待熔化的石塊變得與青天一樣的顏色時，女媧想，補天的地方冷卻了。她用手摸了摸，很平很光滑，這才放心地離開。那蘆葦灰也涼得差不多了，女媧就彎腰去一捧一捧地把灰往塌陷的山地裏填。她滿身滿臉都是灰，眉目也看不真切了。

當女媧終於將塌陷的山地填平後，她看到了驚人的一幕：漫山遍野都是活蹦亂跳的小人兒。她摘下一片桑葉，抓了一把肉乎乎的小人兒放在桑葉上，然後把滿是小人兒的桑葉放到海上，她用嘴一吹，那片桑葉就漂走了。她不停地抓起小人兒，不停地把他們放在桑葉上，再放到海上。一時間海上到處都漂着小人兒乘坐的桑葉舟。

那十神腸人還在不停地製造小人兒。

當最後一片桑葉舟漂走之後，女媧便躺倒了，再也沒有爬起來。

小人兒的喧鬧聲沒有了。崑崙山一片寂靜。

十神腸人為女媧建了一個石砌的女媧台，裏面放着女媧的屍體。十神腸人日夜守護着她。

後來有一天，十神腸人看到一隻五彩鳳凰從石台內飛了出來，還看見五彩鳳凰嘴裏銜着一顆夜明珠。夜明珠藍熒熒的光與鳳凰的五彩光芒一起飛向了青石一樣的天空。

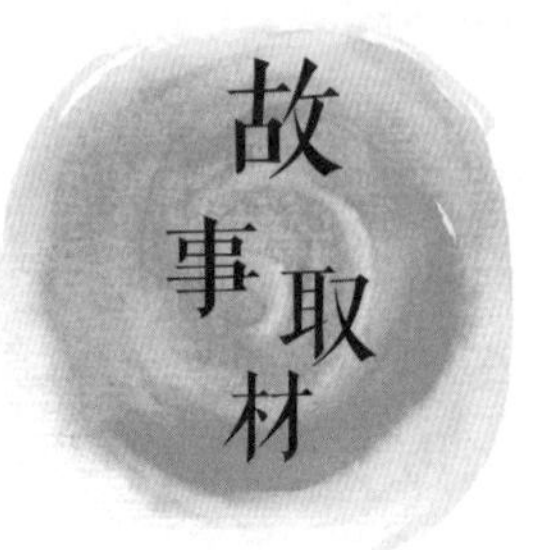

《海內東經》

原文：雷澤中有雷神，龍身而人頭，鼓其腹，在吳西。

譯文：雷澤中有一位雷神，他長着龍的身體和人的腦袋，他敲擊肚子（就會打雷），雷澤在吳地之西。

雷神（清·汪紱圖本）

雷神是古老的自然神，在最早的神話中他是人獸合體的形態。由於雷電總是伴隨風雨出現，而古人認為龍可以主宰風雨，因此雷神的原始形貌便是人頭龍身。每當雷神敲擊肚子就會雷聲大作。

《大荒西經》

原文：有神十人，名曰女媧之腸，化為神，處栗廣之野，橫道而處。

譯文：有十位神人，名叫女媧之腸，他們是由女媧的腹腸所化變為神的，在一片名叫栗廣的原野上，他們攔斷道路而居住。

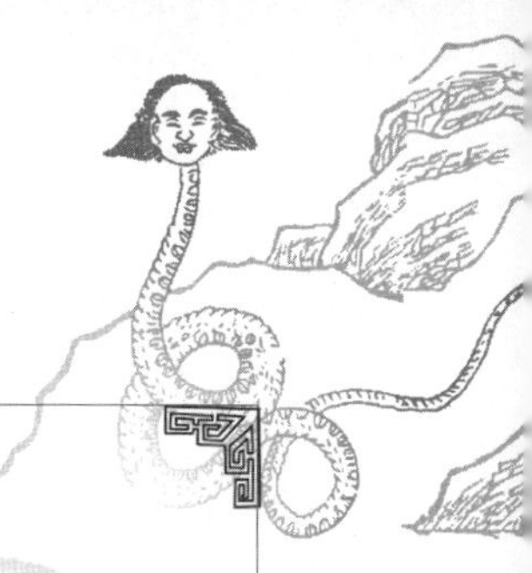

女媧（明·蔣應鎬繪本）

女媧是中國神話中最古老的始祖神、母神、化萬物者。傳說女媧人首蛇身，其主要功績是化生人類、摶土造人。關於女媧的神話異聞還有補天、治水、作笙簧等。

《海內經》

原文：有木，青葉紫莖，玄華黃實，名曰建木，百仞無枝，有九欘（普：zhú｜粵：竹），下有九枸，其實如麻，其葉如芒。**大（太）皞**（普：hào｜粵：浩）爰過，黃帝所為。

譯文：有一種樹木，有着綠色的葉子，紫色的莖幹，黑色的花朵，黃色的果實，它的名字叫建木。高近百丈而沒有枝條，上面有九處彎曲的地方，下面有九條盤繞交錯的樹根，它的果實像麻的籽，它的葉子像芒草葉。伏羲曾從它那裏經過，黃帝曾養護過它。

神火

張錦江 文

有榣山，其上有人，
號曰太子長琴。
顓頊生老童，
老童生祝融，
祝融生太子長琴，
是處榣山，始作樂風。

【大荒西經】

一

這孩子長着一副奇特無比的樣子，他的臉是火紅的，如燃燒未熄的蘆葦一般，眼眉倒還分明，不算難看，身子卻有點嚇人，身軀上長着火紅、堅硬的鱗片，一半像蛇一半像龍，手與腳則是人的模樣。他幾歲了？很難判斷，反正看起來還是一個孩子，一個男孩。這男孩的身世也是撲朔迷離，傳聞他是炎帝的第五代玄孫，又傳聞他是黃帝的後裔。

我們暫且不去探究這男孩的身世，先來看一下他的一個不可思議的嗜好——他喜歡玩石頭。荒山野嶺之中，石頭到處都有，他會玩，也有力氣，還心靈手巧，他用石頭磨成的刀、斧，雕刻了兩條石龍，還有兩條細細的石蛇。他想像着自己騎着兩條龍、左右耳朵上各繞着一條小蛇的樣子會是多麼威風。男孩騎在石龍上喊着、叫着、跳着。他扔出一塊石頭，讓這塊石頭碰擊另一塊石頭，迸發出幾星火花來，亮閃閃的。通常火花一眨眼就不見了，而他偏偏能把它們逮住，於是這幾星火花就會被他攢在掌心中。他手掌不大，火花有五角、六角的，也有七角、八角的，還有多角的，都很細小、很細小，每次他都要捧着端詳半晌，然後把它們裝進一個瓶子中。這是一隻碧透的玉瓶，只有指甲那麼大。他把火花裝進玉瓶後，再塞上瓶塞，玉瓶就像螢火蟲一樣發出好看的螢光。男孩每天都做着這種逮火花的遊戲，奇怪的是，玉瓶不論裝多少火花都裝不滿。他的遊戲一直持續着，不知經過了多少歲月。

一天，當男孩騎着石龍逮火花，玩得興致正濃的時候，他腳下的山噴出了通紅滾燙的巖漿，這是火山爆發了。男孩與石龍、石蛇以及那個玉瓶一同掉進了巖漿裏。然而，男孩居然並未被巖漿所化，而是隨着流淌的巖漿一路到了山腳下，男孩神奇地毫髮無損，石龍、石蛇、玉瓶卻被巖漿吞噬了。

二

男孩做了一個夢。

夢到了五千年之後的一天。

男孩夢見一個蒼老的仙人，白首皓髮，白色長眉，白鬍子也很長，手執一柄拂塵，駕鶴而來。

男孩問：「你是何人？」

老仙人答：「稟告火神，我乃南嶽衡山太乙真人。」

男孩一笑：「老頭兒亂說，我怎成了火神了？」

老仙人又道：「您是炎黃二帝五代後裔，是天上的火神赤帝，炎黃二帝賜名祝融，就是光明的意思。」

男孩哈哈大笑：「老頭兒，我不做赤帝，我就做螢火蟲吧。」

老仙人又說：「又稟赤帝天尊，還記得當年那個玉瓶嗎？」

男孩問：「怎樣？」

老仙人答：「那玉瓶歷經五千年地火，積天地之靈氣，已成神火。」

男孩說：「我還常念着這隻玉瓶呢，裏面的火花真有趣。它現在何處？」

老仙人說：「明日赤帝打獵，必見一玉兔，只要尾隨玉兔而去，就能重新尋得這隻玉瓶。」

男孩拍手稱好，又問這神火有何神奇。老仙人道：「玉瓶中的神火，作燈可長明不熄，煮水可驅瘴避瘟逐蚊，煮熟肉、穀、薯類可健身防寒，煉丹而服可益壽千年。若唸咒語『神火、神火，消災普世！』玉瓶中便有六百火鼠奔竄而出，見火災滅火，見兵災退兵。」

聽了老仙人的話，男孩樂得在山地上翻滾起來，連稱：「好好好！你這老頭兒盡說好聽的故事。」

老仙人繼續說：「還有石龍、石蛇都已經成為火龍、火蛇了，騎着火龍能飛，將火蛇繞在雙耳上可聽到千里之外的聲音。」最後，老仙人一甩拂塵說：「老朽就此作別了，願赤帝天尊神火造福天下。」說罷，老仙人駕鶴而去。

男孩醒來，原來是一場夢。

三

第二天，男孩腰插石製的飛鏢去林中打獵了。毫無疑問，五千年過去了，男孩已長大了許多，不過，他依舊還是個孩子的模樣。

果然，如老仙人所說，男孩遇見了一隻白兔。他緊追不捨，追到一片茂密的草叢中，白兔消失了。男孩用手撥開草叢，發現了一個洞穴，洞穴不深，洞口閃着金光。他伸手一摸，就摸着了冰涼的玉瓶。五千年不見，玉瓶的模樣絲毫未變。男孩撫弄玉瓶，打開瓶塞，瓶中竄出一束金光閃閃的火苗，如豆大小。他想，這就是老仙人所說的神火了。他趕緊把玉瓶含在了舌下。他看到洞穴裏蠕動着四條蚯蚓似的長蟲，兩大兩小，兩條大的游到洞口，見風就長，一眨眼就變成了兩條金閃閃的火龍，兩條小的變成了兩條細長的小火蛇，也金光閃爍。眼前的一切應驗了老仙人的話，男孩把兩條小蛇纏繞在耳朵上，一躍身跨騎在兩條龍身上，雙腿一夾，雙龍騰飛起來。

四

男孩決定試試這神火之神。

此刻，男孩騎着可以在空中任意馳騁的飛龍，耳邊繞着可傾聽四面八方來聲的火蛇。他巡視天下，探看人世間有何人求助。這時的男孩已是名副其實的火神了，我們從此叫他祝融吧，他是象徵光明的神。

祝融突然聽到一聲淒厲的叫聲，很粗魯，也很痛苦，可以斷定那不是人的聲音，是野獸的嗥叫聲。祝融兩腿夾了兩下，那飛龍很聽使喚，便降落下來。

這裏正在下大雪，山石被厚厚的白雪覆蓋，寒風凜冽，滴水成冰，很冷。

淒厲的嗥叫聲是從一個漏風的石洞裏傳出來的。

祝融翻身下了飛龍，就徑直往石洞裏去了。

祝融從石頭的縫隙中望去，只見石洞中有五六隻白毛野獸，毛粗如簪子，毛尖兒是黑色的，體狀如豬，這是豪豬。因為天寒地凍，豪豬們拼命擠成一團取暖，卻又被彼此身上簪子般的硬毛刺痛得嗥叫不絕，不得不互相閃開，過了一會兒，豪豬們耐不住嚴寒，又擠在一起，於是又慘叫一團，就這樣分分合合，痛苦的叫聲沒有停止過。

祝融從舌下吐出玉瓶，打開瓶塞，瓶中竄出一束火苗，他撿起一根枯枝將它點着了，插在石縫裏，頓時石洞裏變得暖洋洋的，豪豬們不再互相擠在一起痛苦嗥叫了。

祝融覺得做了一件自己該做的事，事雖小，卻為幾隻山野生靈解除了嚴冬之苦，他很是開心，一蹦二跳騎上雙龍，兩腿一夾，又飛騰而去。

五

飛着，飛着，祝融聞到一股燒焦的氣味，再看下方火光衝天，原來是那裏的荒古大森林燃起了大火。祝融想：這森林大火將會令多少生靈喪生，他必須撲滅這場大火。

祝融沒有一點遲疑，往火光處飛落下去。

這場古森林大火已不可遏制，四人合抱的參天大樹一棵又一棵轟然倒下，狂野的烈火吞噬着樹木、獸、鳥、植被……火將生命化為灰燼，到處是慘不忍睹的景象。

奇怪的是在燃燒着大火的森林的不遠處，居然有一群山民正大打出手，嘴裏狂言亂語地吼叫着。他們並不是在滅火，而是在爭搶燃燒的樹枝。也就是說，山民為爭火種而發生了衝突。

火源對於住在荒野中的山民來說實在太重要了。在無星無月的夜晚，山村像陷落在一個深不見底的黑沉沉的深淵中，虎嘯狼嗥此起彼伏，四處晃動着妖魔鬼怪的身影，孩子驚嚇得哭了，又被爹媽捂上嘴，爹媽膽戰地說：「乖，別哭，哭了要遭鬼招妖的！」孩子緊抱着爹媽，嚇得不敢出聲。

每逢這樣的夜晚，山村的人不敢睡覺，大人、孩子都圍在一堆篝火旁。山村的頭人怕大家睏倦，就讓每個人輪流講故事。通常篝火的火種都是從山火中取來的。然而，篝火常因風雨而熄滅，山林裏也不常有山火。這樣，山火也就成了附近相鄰山寨爭奪的物件，有時幾個山寨之間會為爭奪山火打得頭破血流，甚至鬧出人命，山民之間也常有為火種結冤結仇的。

祝融來不及問情由，在空中就打開了玉瓶塞，口裏唸唸有詞：「神火、神火，消災普世！」只見六百火鼠從天而

降，直撲燃燒的森林。祝融想：先滅了山火再說。

這火鼠何其了得，每隻重千斤，白毛細如絲絨，毛長二尺有餘，輕盈飄逸。牠們快如閃電，竄到衝天大火處，把着火的森林嚴實地圍住，隨即張口噴出一團團烈火。這火非同尋常，這是正火、神火，而森林之火是邪火、惡火。兩火相遇，邪不壓正，邪火撞到神火，如遇甘霖澆灑，且退且滅，火勢越來越小，頃刻之間，山火就滅了。

這時械鬥的山民也停了手，眾人被眼前的景象驚呆了。只見萬道金光，一騎龍的天神自天而降，人們撲地便拜，口稱：「参拜大神！」

祝融跨騎在雙龍上大笑：「哈哈，我可不是什麼大神，我叫祝融，就喊我螢火蟲吧。」山民一聽這大神也會開玩笑，就竊竊私語起來，少了驚恐的情緒。

祝融問：「為什麼打起來啊？」

一山寨頭人回道：「回稟大神，我們不是一個山寨的，因山林起火，都想搶點火種回寨，這才打了起來。」

祝融又問：「這火種還要搶呀？」

頭人又答：「大神不知，平常山寨火種奇缺，月黑星稀的黑夜若不燃篝火，山民都很害怕，故而偶見山林起火都來搶火種。」

祝融高声笑道：「這個容易解決，我給你們每個山寨點一堆篝火，這火風吹雨淋不會熄滅，大家不要打了，都回去吧！」

山民齊聲拜謝：「大神恩重如山，世代不忘！」

山民們在各自山寨頭人的帶領下散去了。

祝融為附近的每個山寨都點了一堆篝火，才乘龍而去。

之後，山寨中出現了石雕的火神像，山民又建了一座廟將火神像供奉在內，這就是中國最早的祝融廟。

六

祝融在飛行時又聽到一陣陣孩子的哭聲。

這哭聲是那般撕心裂肺。祝融沒有片刻遲疑就向哭聲處急馳。

祝融循聲找到了一座山寨，山路上不見一個行人，整座寨子猶如空寨一般死寂，唯一的聲音就是從一間快倒塌的石屋裏傳出的孩子的哭聲。

正哭着的孩子是一個男孩，外表看來與祝融年紀不相上下。男孩見一金光閃閃、相貌奇特的人走了進來，並不驚慌。

男孩問：「你是誰？」

祝融一笑說：「螢火蟲。」

男孩說：「哪有這種名字。」

祝融問：「你為何哭？」

男孩說：「我爹媽要死了。」

祝融又問：「怎麼啦？」男孩倒還伶俐，一五一十給祝融說了。原來山寨的一棵大銀杏樹上突然出現了一個大馬蜂窩，山寨的人十中有九被馬蜂螫刺。這種長腳的馬蜂有劇毒，被螫的人中嚴重的昏迷不醒，全身浮腫，甚至死了好幾

個，輕者也頭痛、頭暈、嘔吐、腹瀉，倒在牀上爬不起來。這男孩的爹媽已神智全無，男孩呼天搶地地痛哭也無濟於事。

祝融讓男孩領着自己先去看馬蜂窩，然後再想法救醒他的爹媽。男孩答應後，領着祝融去了。真的不看不知道，一看嚇一跳。一棵十丈高的大銀杏樹上，吊着的一個馬蜂窩居然與樹同高。男孩說：「這樹都五百年了，而這馬蜂窩是一個晚上長出來的。」馬蜂窩外殼堅硬，像座橢圓形的山一樣豎着。祝融吐出舌下的玉瓶，正欲開瓶，男孩問：「這麼小的瓶子有什麼用呀？」祝融說：「你先走開，等一會兒把馬蜂燒出來，會蜇着你。」男孩一溜煙躲得遠遠的。祝融打開了瓶塞，放出火苗，然後將馬蜂窩點着了。這火苗「轟」的一聲變成了撲天大火，轉眼之間便讓馬蜂窩化成了灰燼。一隻馬蜂都來不及飛出來。

祝融返回男孩家的路上，見到一處山泉，便忽發奇想：我用玉瓶裏的火將這泉水燒燙，讓被馬蜂蜇傷的人進去泡泡，也許他們能痊癒。他想好了，就把玉瓶口打開，開始用火煮泉水，這火遇水不滅，片刻之後，他試了試水溫，水有點燙了。於是，祝融馬上吩咐男孩與他一起把男孩的爹媽背過來，並將他們放入泉水裏泡一泡，想不到男孩的爹媽真的馬上甦醒了過來，病全好了。就這樣，全山寨裏被馬蜂蜇刺過的人都來泡這溫泉水，不論病輕病重的都康復如常了。這之後，泉水也一直都是溫熱的。

山寨裏的人察看了變成一堆灰燼的馬蜂窩，知道祝融是天神下凡，便全都跪在泉水邊，互相往對方身上潑着暖暖的泉水，以驅邪避瘟，還情不自禁地唱起一支名叫《螢火蟲》的小調。

七

老仙人在夢裏告訴祝融的事一一得到了驗證，祝融的驚喜與興奮自然難以掩飾，他決意在每一座山寨點燃不滅的長明篝火。他日復一日做着自己想做的事，在這期間，他還沿途留下了一些溫暖的泉水，並教山民們用篝火照明、煮熟食物、驅蚊、滅蠅、抵禦野獸。

一天，祝融又開始了照例的飛行。

途中，祝融聽到有人喊救命以及嚶嚶的啼哭聲，於是，他騎着雙龍一瞬間就降落在發出求救聲的山頭。

祝融雙目一掃，打量這山，山上樹林茂密，林間瀰漫着瘴氣霧靄，奇怪的是每棵樹的樹枝間、葉片上都結着蜘蛛網，連裸露的山崖、懸石上都佈滿了蜘蛛網。在一張特別大的蜘蛛網上，有一個女子被粘在網的中心，呼救聲與嚶嚶的啼哭聲就是這女子發出的。祝融暗自思忖，在這荒無人煙之處，哪裏來的女子呢？又想，不管怎樣，先把這女子從蛛網中救出再說。他雙腿一夾，雙龍騰飛而起，待飛到女子近前，他就用右手拉那女子。他用力一拉，沒有將女子拉出，就又伸出左手拉，想不到雙手被女子緊緊攥住。那女子小嘴一張，吐出萬條白絲來，把祝融的手腳纏繞得結結實實，連同雙龍、雙蛇都被粘在網上。那女子搖身一變，竟然是一隻

如丈二車輪般大的巨型黑蜘蛛。

祝融心頭一驚：怎麼碰着了一隻黑蜘蛛精？

黑蜘蛛精一陣狂笑，笑聲震得粗如繩纜的蛛絲上下晃動起來。黑蜘蛛精伏在網上說：「上當了吧，螢火蟲？」

祝融面無懼色地說：「哪裏來的妖精？就不怕螢火蟲燒死你？」

黑蜘蛛精齜着尖牙說：「嘿，我怕被你燒死？吾乃蜘蛛山黑大王，不要說你是隻螢火蟲，就是老虎、獅子也逃不過我的網。這山，是蜘蛛山，滿山都是我的蜘蛛兵，聽聽也能把你嚇死，一千白蜘蛛是收屍兵，一千紅蜘蛛是搬屍兵，一千五彩蜘蛛是咬屍兵，一千黑蜘蛛是吃屍兵。」

祝融說：「這麼難聽，噁心。」

黑蜘蛛精說：「廢話少說，如果不想讓我把你變成乾屍吃掉，你就乖乖地把神火瓶交出來吧！」

祝融說：「妖精，你要神火瓶幹什麼呀？」

黑蜘蛛精說：「在山野之中哪個不知哪個不曉，神火瓶中有六百火鼠，見誰滅誰。我有了它，就不止有現在一座蜘蛛山了，我要有許多許多數也數不清的蜘蛛山。還有這神火能煉丹，吃了會千年不老萬年不死，我就可以永遠做大王。還有呢，長明燈呀，溫泉水呀，烤豬烤羊呀！」

祝融說：「妖精，在說夢話呀！」

黑蜘蛛精又齜了齜尖牙：「螢火蟲呀，活着總比死好呀，只要你交出神火瓶，我立馬放你走。」

祝融說：「我若不交呢？」

黑蜘蛛精哼了一聲：「還有這麼不怕死的螢火蟲，那好，你就等着變成乾屍吧！」

黑蜘蛛精說完，捲起一陣黑風回蜘蛛宮了。

就在這時，成百上千隻蜘蛛從網上爬過來。祝融的臉上、手上、頭上、身子上、腿上、腳上都密密匝匝爬滿了蜘蛛，雙龍與雙蛇身上也爬滿了蜘蛛。蜘蛛瘋狂地撕咬着他們的皮肉，拼命地吮吸着他們的血。祝融雖有龍蛇身軀，有硬甲護身，但是仍有裸露的皮肉。這一陣咬吸，祝融只覺得痛癢難熬，似萬箭穿心。不消片刻，祝融的血水就都被吸乾了，像一具空殼一樣。雙龍與雙蛇並無大礙，一副金甲金身絲毫無損。

那成百上千的蜘蛛覺得獵物已變成了空殼，就停止了咬吸，紛紛散去了。

祝融也以為自己真的變成乾屍了。他想，他死了倒也無所謂，只可惜玉瓶神火便廢了。他又想，他不能死，還有許多生靈等着他的神火呢。想罷，他眼睛眨了眨，鼻口耳都動了動，他發現自己還活着。本來他已口乾舌燥如火燒一般，現在只感到舌下陰涼滋潤生水。他想，他之所以不死，是玉瓶起了作用。漸漸地，他發覺自己的身軀又慢慢飽滿起來，渾身又充滿了精力。

第二天，黑蜘蛛精發現祝融還未變成乾屍，還活得好好的，很是奇怪，便問：「螢火蟲，怎麼樣？有什麼感覺？」

祝融說：「只是有點癢痛而已，沒什麼其他感覺。」

黑蜘蛛精說：「不要嘴硬了，癢痛也是難熬的，何必受這個罪呢，識相點，把神火瓶交出來吧！」

祝融說：「妖精，我正告你，收了邪惡還有你的生路，否則你會不得好死！」

黑蜘蛛精說：「現在你落在我的手裏，生死在我手裏，唯一的生路就是交出神火瓶！」

祝融說：「妖精！死心吧！」

黑蜘蛛精丟下一句話：「去死吧！」便化為一陣黑風走了。

黑蜘蛛精又派了成百上千的蜘蛛撕咬祝融。一連十日，祝融在癢痛中煎熬着，被折騰得死去活來。在第十日的夜晚，祝融聽到一個小小的聲音，在他耳邊說：「我是一隻小白蜘蛛，就叫我小白吧。我還有兩個朋友，這是小紅，是一隻小紅蜘蛛，這是小金，是一隻五彩蜘蛛。」小白說：「你是好人。」小紅說：「你是好好人。」小金說：「你是好好好人。」

祝融藉着朦朧的星月，看清了這三隻肢腳纖細的小蜘蛛，便問：「你們找我做什麼？」小白說：「救你。」小紅與小金也說：「對，救你。」祝融問：「為什麼救我？」小白說：「黑蜘蛛精是毒蜘蛛，是壞人，黑蜘蛛精霸佔了這座山，白蜘蛛、紅蜘蛛、五彩蜘蛛都成了黑蜘蛛精的奴隸，整天收屍、運屍、咬屍幹苦活，不好好幹，就要被咬死，最後乾屍還由黑蜘蛛精享用，我們早就受不了了。我們救了你，你也救救我們。」祝融說：「你們打算怎麼救我？」小白說：「白、紅、五彩蜘蛛有三千隻，只要每隻蜘蛛吐一口唾液，這黑蜘蛛精的絲網便會根根溶斷。」祝融同意了三隻小蜘蛛的計劃，並吩咐說：「我被救出後，你們三個蜘蛛族群立即撤離。我要用火攻山，殺死黑蜘蛛精與她的族群。」三隻小蜘蛛點頭去執行了。

不一會，三個蜘蛛族群的三千隻蜘蛛把黑蜘蛛精的大網圍了起來，只一眨眼工夫大蜘蛛網就消失了。接着，三千隻蜘蛛按祝融的吩咐撤離得無影無蹤。

祝融跨上雙龍，耳繞雙蛇，對着蜘蛛宮叫喊起來：「妖精！来受死吧！」

黑蜘蛛精沒想到半夜有人來挑戰。她與自己的族群分食乾屍吃飽喝足正睡得香吶。黑蜘蛛精化成一陣黑風旋到洞穴口，只見眼前金光萬道，祝融騎在雙龍上。黑蜘蛛精大聲喝道：「螢火蟲，是哪個壞蛋把你放了？」

祝融哈哈笑道：「妖精，你作惡多端，眾叛親離，現在你的死期到了！」

祝融吐出玉瓶打開了瓶口，一聲咒語，六百火鼠竄蹦而出，直撲黑蜘蛛精與蜘蛛宮，黑蜘蛛精口中噴出的白絲被火鼠噴出的火焰燒得無影無蹤。黑蜘蛛精想逃，變為一股黑風，火鼠追着黑風吐火，最後黑風被燒成了火紅色，一隻大大的黑蜘蛛從空中掉了下去。

整個黑蜘蛛族群毀滅了。

八

祝融終究不願去天上當赤帝。

祝融自甘當一個灶神。

祝融千百年來守着一個平常的灶頭，保佑尋常人家火燭平安。

灶頭的牆角，始終掛着一兩張小小的蜘蛛網，祝融從山裏帶來的小白、小紅、小金的子孫們也用牠們織的網靜悄悄地捕捉着蒼蠅、蚊子、臭蟲這些小害蟲。

故事取材

《海外南經》

原文：南方**祝融**，獸身人面，乘兩龍。

譯文：南方的神人祝融，長着猛獸的身體和人的面孔，乘着兩條龍。

《大荒西經》

原文：（西北海之外）有榣山，其上有人，號曰太子長琴。顓頊生老童，老童生**祝融**，祝融生太子長琴，是處榣山，始作樂風。

譯文：（在西北海以外的地方）有座榣山，山上有位神人，名叫太子長琴。顓頊生了老童，老童生了祝融，祝融生下了太子長琴，太子長琴就住在榣山上，開始創製樂曲。

祝融（明·蔣應鎬圖本）

祝融在神系中同時是炎帝和黃帝的後裔，其神職為火神，也是炎帝的輔佐，司掌南方和夏季，管轄着方圓一萬二千里的領域。祝融的形貌為人面獸身，出入時乘着兩條龍。

牧神

張錦江 文

有人曰王亥，
兩手操鳥，方食其頭。
王亥託於有易、河伯僕牛。
有易殺王亥，取僕牛。
河伯念有易，有易潛出，
為國於獸，方食之，名曰搖民。

【大荒東經】

一個馬夫受黃帝封賞當上了一個山國的大王，這人自然非等閒之輩。

這個男人，在困民國是個另類，此人自稱王亥。作為這個山國裏唯一的異姓者，他的另類之處不僅在於姓與旁人不同，更在於他有一個特別的嗜好，喜歡生吞活鳥。通常他雙手執鳥，吃鳥時必從鳥頭開始，然後吞下鳥翅、鳥身，最後是鳥尾，常常連吞數隻，連鳥毛也不吐，鳥毛粘滿他的上下厚唇，困民國人見了都不忍直視，掩面而行。

王亥的野蠻，雖引起困民國人異樣的目光，但無人敢無端惹他。王亥長得高大魁偉，前額光禿，後腦長一圈毛，粗眉豎着，兩眼吊起，一副兇相。他終年裸露上身，光腿、赤足，僅在腰間圍一短豹皮，模樣如惡神再世，野鬼重生。他力大無比，能舉起千斤山石，能連根拔起百丈大樹。

王亥其實是半神半人的巨人。

當初，王亥隨黃帝出征，與炎帝在阪泉大戰。因有一身蠻力，又得到天神赤腳大仙相助，降伏了眾多野馬。王亥善於馴養馬匹，能讓野馬變為軍騎，馳騁疆場殺敵。黃帝以鐵蹄雄師一舉戰勝炎帝，奪得天帝大位，慶功之日，他封賞馬夫，讓他當上了一個山國的大王。

由於連年戰爭，馬匹都被徵用，死傷無數，日漸稀少，而馬匹在民間已被廣泛用作代勞的腳力，或馱物、或運輸。因此，人們想找到可代替馬匹的家畜。

當時的困民國野牛出沒橫行，山民棲身的木屋常被毀壞，山民婦孺常有死傷。山民中有精通弓箭的好手，曾試圖用弓箭、石刀、石斧抵禦野牛的禍害，卻引來野牛更加猛烈的報復。為首的野牛王率眾野牛橫衝直撞，一夜之間，困民國木舍毀掉大半，山民四處逃竄，流落山野。

唯獨王亥擋住了一頭野牛，他雙手一把抓住野牛兩根向前彎曲的大牛角。這野牛體格壯碩的程度讓人難以置信，碩大的屁股就如同一座山包，下垂的肚腹可以裝得下兩個人，那牛頭呢，更是不可思議，大得無法形容。困民國裏有一種椰果，每顆如人頭那麼大，這牛頭則有十顆椰果那麼大。面對這般龐大的巨獸，人們不禁懷疑王亥是否是其敵手。

只見那野牛兇猛無比，渾圓的粗頸僵硬地挺着，兩隻眼睛瞪得比拳頭還大，兩隻尖角衝向前方，只要王亥一鬆手，他的前胸就會被牛角戳出兩個窟窿。王亥當然不敢有片刻鬆懈，如磐石般站定在那裏，用雙手把那顆碩大的牛頭穩穩地定在那裏。那牛不甘心了，歪着嘴，吐着白沫，流着口水，噴着熱氣，發出響亮的怒吼聲，牛屁股撅得很高很高，後蹄踢得塵土飛揚，這種狂躁，已達到了瘋狂的地步。那長長的牛尾巴飛舞着甩來甩去，如同鞭子一般，脖頸處的根根鬃毛也都豎了起來。牛要撕碎面前這個人，牛決不寬恕面前這個人。牛要讓這個人下地獄去！

王亥抓住牛角紋絲不動，嘴裏喊着：「屁股撅上天也沒有用！」王亥像是座山。撼山不易！任憑牛屁股、牛蹄、牛尾如何翻騰甩動，王亥始終屹立不倒。兩三個時辰糾纏下來，牛放了幾個大屁，就不動彈了，眼神的光也暗淡了，一下子溫順起來。

此刻，王亥撫摸了一下牛的腦袋，又拍了拍牛背，向牛表示友好與安慰，然後一躍騎上了牛背，叫了一聲：「來，讓本王騎騎！」他想試試騎牛的滋味，當初他制服野馬時也是這麼做的。誰知牛突然又狂躁起來，王亥趕緊拽住牛角。牛又故伎重演，現在牠施展的空間陡然大起來，牛頭能自如甩動，屁股隨便怎麼撅都行，尾巴更是毫無顧忌地甩來甩去，牛又蹦又跳盡情地奔跑起來，毫無疑問，牠想把王亥從背上顛甩下來，再用牛角挑刺他。

王亥懸在牛背上失去了依靠，空有力氣無處可使，經不起牛的狂蹦狂顛狂甩。他被重重地拋離了牛背，「咚」的一聲，王亥重重地摔在地上。這時，他大喝一聲：「小乖乖，快出來，把牛圈住！」話聲剛落，從他耳朵裏蹦出一個小東西，這就是他喊的小乖乖。只見這小東西的頭像螳螂，三角臉，外凸的眼睛又圓又大，有兩條細胳膊，身上圍着像螳螂翅膀一樣的綠色短裙，柴棒一般的人腿，還有一雙小小的人腳。這是一個小妖精。

我們不妨說說這小妖精的來歷。

王亥還在黃帝手下當兵的時候，他的任務就是捕獵野馬。某一天，他追逐一匹野馬來到了一片荒山野嶺中，在一棵蒼老的大榆樹下，王亥見到了一個似人非人的小東西。小東西用腳勾住一根樹枝，倒掛在樹上，頭朝下看着他問：「來者可是抓馬的？」

王亥驚奇萬分，看這小東西長得奇形怪狀像隻螳螂，心想是碰上妖精了，便問：「你怎麼知道我在抓馬？」

小妖精說：「師父讓我在此等你許久了。」

王亥說：「你師父是何人？」

小妖精答：「他就是無人不知、無人不曉的赤腳大仙。」

王亥又問：「為何要等我？」

小妖精又答：「等你為黃帝建功立業。」

王亥感興趣了：「小乖乖，你又有何本領？」

小妖精這才把自己的身世一五一十說了。原來他本是一隻普通的螳螂，一天赤腳大仙路過，把螳螂抓在手心，自言自語說：「這隻蟲也當有一番造化，不枉來世間走一遭。」赤腳大仙說完便用大腳趾在螳螂身上按了按，螳螂立即變了模樣，赤腳大仙又從自己頭上揪下一根頭髮，用大腳趾按了按，把它變成了一圈繩索。做完這一切，赤腳大仙又教了小妖精幾招繩索的仙術，吩咐他在樹下等一個抓馬的人。

王亥聽了小妖精的故事，興致勃勃地說：「小乖乖，把赤腳大仙教你的本領拿出來試試，讓我見識一下。」王亥覺得這個叫法不錯，從此就叫這小妖精為「小乖乖」了。

小妖精為王亥表演了三招仙術。第一招是把赤腳大仙給的用頭髮變成的繩索放在地上，小妖精噘起嘴唇吹着口哨小曲兒，那繩子的頭就如蛇的頭昂起來，小妖精一邊走一邊吹着，繩子就隨着口哨小曲兒搖搖擺擺跳起舞來。第二招是那繩頭昂起之後，一直往上升，筆直筆直地豎着，一直升到繩子完全立起為止。這時，小妖精就跳到繩杆下一竄一竄地往上爬，爬到繩頭，再哧溜地滑下來。如果說這兩招只不過是好玩而已，那最後一招就是實用的了。只見小妖精把繩索一端圈套在細細的手臂上，然後遠遠甩了出去，繩頭結了一個圈，那繩圈不偏不倚地套在了一個突起的石柱上。這招正是王亥想要的，他想到用這繩圈可以套住馬頭，野馬一旦被逮住就逃也逃不掉了。

在相當長的一段時間裏，王亥就靠小妖精的套馬索套到了不少野馬。小妖精只睡在王亥的耳朵裏，並且不吃不喝。王亥行軍、打仗、捉野馬都帶着小妖精。到了宿營地，王亥還會把小妖精從耳朵裏叫出來表演兩招，讓黃帝的兵士們樂一樂。表演完畢，繩索一收，又變回一根頭髮，小妖精便帶着頭髮回到王亥的耳朵裏。

話說回來。此刻，在王亥的喝聲下，小乖乖機靈地跳到離牛不遠處，手一甩，手中的繩索變成一個繩圈，一下子就套住了牛頭，小乖乖把多餘的繩子順手繞在了一棵大松樹的樹幹上，而牛正朝王亥衝去。牛的報復情緒不可抑制，憤怒的牛角不可阻擋地向王亥的胸口戳去，王亥眼疾手快連滾帶爬逃脫了。牛不依不饒，怒火燒紅了牠的眼睛，牛頭低垂着，奮力把彎曲的尖角對着王亥奔刺過去。王亥逃向哪，牛就追向哪。王亥直喊：「這牛瘋了！這牛瘋了！」他在躲閃中不時地想用手抓住牛角。牛把繩索拉得發出彷彿要斷裂般的「咯嘣咯嘣」的聲音，大松樹的枝頭也亂晃起來，松針枝葉落了一地。王亥認準了機會，一下子抓住了牛角。

牛仍不肯甘休，使勁用牛角往前頂，屁股狂顛、後蹄亂踢、尾巴瘋甩，一時如翻江倒海一般。王亥穩住牛頭，小乖乖來幫忙了，他用一根樹枝在牛眼睛、鼻子上亂戳，一下子戳破了牛鼻子。牛鼻子流出了血，牛陡然不狂顛了，好奇怪呀。原來，這牛雖身軀龐大，脾氣暴躁，但其致命要害就是這隻牛鼻子。王亥明白了眼前發生的一切，立即拔出腰中石刀，在鼻孔內刺穿了一個洞，讓小乖乖把繩子穿了過去。王亥喊了一聲：「小乖乖，我們該回家了。」小妖精將繩子交給王亥，又跳進了王亥的耳朵。

王亥用繩牽着牛鼻子回了困民國。整個困民國人山人海，大家圍着看這頭被大王捉住的大得不得了的野牛，都說大王了不起。

王亥為牛造了一間很大的牛廄。王亥本打算讓困民國男丁都帶上削成尖刺的竹竿去圍捕野牛，只要見到牛就用竹竿尖刺牛的鼻子。不料，這天夜裏發生了奇怪的事，牛廄外來了一大群牛，「哞哞」地叫着不肯離去，王亥見狀打開廄門，那群牛全都乖乖地進了廄。王亥這才明白，他逮到的這頭牛是牛王，牛王被圈在廄內，其他牛都願意跟牛王在一起。幸好牛廄足夠寬敞，容得下上百頭牛。不久，群牛在廄內生兒育女，牛廄內牛丁興旺。王亥整日笑得合不攏嘴，率領全山寨人祀拜山神三日，歡慶歌舞，沿着山道擺出千席酒宴，王亥生吃了三十隻黑烏鴉。

困民國內到處是天然牧場。大牛、小牛、公牛、母牛算算已有一百二十頭，王亥把二十頭牛分為一組放在一個牧場，每個牧場配一個孩子放牧。小妖精也分管了二十頭牛，成了一個牧童。王亥成了牛司令。

由於養了牛，困民國的人喝上了牛奶。工匠想到了用牛拉木車來運輸砍下的樹木，再用木頭建造村舍；種田的農夫用牛拉木犁翻耕土地；山民騎着牛還可走親訪友。困民國人都感激王亥，家家戶戶都供着一個木龕，裏面有一個木人，這人就是王亥。

王亥每天都睡在牛廄中，這一百二十頭牛見到他，都會用溫順的目光看着他，用牛角輕輕在他胸口蹭來蹭去，同時尾巴也歡快地甩着。王亥用手撫摸着牛頭，嘴裏喊着牠們的名字——這一百二十頭牛每頭牛都是他起的名字。譬如，黃色的牛有五十五頭，就按次序排下去：黃一、黃二、黃三……一直叫到黃五十五。黑色牛有十八頭，同樣按次序排下去：黑一、黑二、黑三……黑白相間的牛有二十二頭，還是按次序排下去：花一、花二、花三……還有灰色的牛、棕色的牛也都是這般叫法。黃牛是最多的。王亥從不會弄錯，任何時候都可以準確無誤地叫出每頭牛的名字。

王亥白天都在巡視這幾個天然牧場。

在所有牧童當中，小妖精的放牧最有趣。通常是在小妖精的口哨小曲兒聲中，放牧的一天開始了。牛群在繩舞中悠閒地吃着草，草葉上的露水珠兒閃着光，牛群常常跟着繩舞踩着舞步。小妖精在草地上跳來蹦去地玩耍。小妖精還用口哨編排了各種各樣的口令，牛群都會按他的口令動作。通常，王亥巡視到這裏，就會習慣性地往草地上一躺，望着遠處山崖上的一片紅燦燦的雲霞，他覺得渾身有說不出的舒暢，然後再瞇一會兒。小妖精見狀就會停了口哨聲，收了繩索，不聲不響地守在王亥身邊。小妖精知道大王有多累，他每天半夜都要親自為一百二十頭牛餵水，一頭牛一瓢水，餵完天都快亮了。倘若哪頭牛病了，大王會整夜守着病牛，派人上山採草藥，然後自己煎熬，再用木湯勺給牛定時餵藥，有時還會牽着病牛去曬太陽。他還會每天早晨去給小牛崽餵米湯，以使小牛崽強壯成長不會早夭。

王亥睡着了，做了一個小夢。那頭名叫黃五十五、最小的小黃牛，正用軟軟的、暖暖的長舌頭舐他的鼻子。他迷迷糊糊地聽到有人在說話。

「師父，你怎麼知道我在這裏啦？」

「我怎麼不曉得，腳趾頭告訴我的啦。」

「找我有事？」

「找你大王商議一件事。」

「大王正睡着呢，大王每天睡得很少，我想讓大王多睡一會兒。師父如有急事，我就叫醒大王。」

「不用了，那就讓你大王睡醒了再說，我等。」

王亥聽清了，一個是小乖乖，另一個是誰？小乖乖喊他師父，難道是赤腳大仙？這一驚，他完全醒了，隨即翻身而起，倒頭便拜：「恩人，大仙在上，恕小人無禮。」

只見赤腳大仙龐眉皓首，鬚髮都是雪白如銀，紅紫色面龐，身穿棕色道袍，腰帶上掛一酒葫蘆，左手執一柄杏黃長穗的拂塵，赤着一雙大腳。大仙右手一擺：「大王免禮，起身吧。」

王亥站起，恭敬而立，一拱手問道：「大仙，何事找小王？」

赤腳大仙擺了擺拂塵，說：「大王，三月初三西王母在玉山瑤池舉行百牛宴，宴請各路神仙。大王養牛聞名天下，小徒又在大王手下當差，正是因這層緣分，我受西王母所託，來找大王商議，請大王奉獻百頭牛以供玉山瑤池諸位大神，不知大王意下如何？」

王亥面露難色，心中有點不太樂意，便說：「大仙，你是我恩人，小王能有今日，都是大仙所賜，當應感恩戴德，赴湯蹈火在所不辭，不要說一百頭牛，就是要我的命，小王也願意。只是大仙有所不知，這一百頭牛就是困民國人的命，這困民國老老少少就依靠這群牛，日子才過得好些，如果這一百頭牛拿去供奉大神了，困民國人的生活就無着落了，這可怎麼辦好？」

赤腳大仙說：「大王，您有一百二十頭牛，給您留下二十頭，一半公牛，一半母牛，過不了多久就又會生出許多小牛來。大王，您就算給我一個面子，西王母也非一般天神，她是天神中的一個主兒，掌管災曆和刑殺，天下蒼生的福祉、平安都在她手中，往常想巴結還巴結不上呢，她讓小仙辦這件事，是她看得起小仙，我總該為她把這件事辦好。大王，您說呢？」

王亥聽赤腳大仙說到這個份上，也不想再多說了，便應道：「大仙，我聽恩人的，恩人吩咐什麼，我都照辦。明天我就出發，把一百頭牛送到玉山。」

赤腳大仙一揮拂塵飄然而去，空中留下一個聲音：「我在玉山恭候大王。」

從困民國到玉山相距二百六十里，王亥趕着一百頭牛走山路，浩浩蕩蕩不知費了多少時日，吃盡千辛萬苦。一日到了玉山腳下，山下旌旗鮮亮，鼓樂相聞。只見神山兵丁簇擁着一人在那裏守候，正是赤腳大仙。

王亥上前便拜：「大仙，小王帶來了一百頭牛，請大仙點驗。」

赤腳大仙雙手扶起王亥：「大王辛苦了，起來，起來。」

王亥說：「小王把牛送到，就趕路回去了。」

赤腳大仙說：「馬上走？不上山歇歇？」

王亥謝了赤腳大仙轉身欲走，又捨不得牛兒，就在這頭牛頭上摸摸，那頭牛頭上撫撫。嘴裏「花五、黑七、黃九」

親昵地喊着，他心裏難受，把身子背了過去。這時，一件意想不到的事情發生了，一百頭牛「撲通」一聲前蹄彎曲都跪在了山地上，「哞哞」地叫着，聲音悲愴，再看每頭牛的眼睛裏都流出了淚水，亮晶晶的淚水慢慢地流下來。王亥哭了，也跪了下來。

赤腳大仙的眼睛也濕潤了。大仙動情了：「牛通人性，人若沒有把全副心力放在牛身上，牛哪會有這等深情厚誼，真是感動天地呀。罷了，罷了，大王你把牛帶回去吧。我去回稟西王母。」

王亥拜謝赤腳大仙，把一百頭牛又趕回了困民國。

王亥慶幸百頭牛失而復得，自然對赤腳大仙的通情達理感激不盡，他對小妖精說：「你師父放牛歸去，真是大慈大悲，心念蒼生，此恩何以報之？」小妖精說：「大王已經做得很好了，不用自責。大王用心養牛，牛雖不會說話，心裏都明明白白，大王捨牛而去的一刻，牛下跪流淚，就算鐵石心腸的人看到也會動情的。」王亥自語道：「看來，把牛養好，讓困民國人活得安逸，就是報答大仙了。」自此，王亥日夜為養牛操勞。不消半年，牛群由一百二十頭繁育到了二百八十頭，再過一年，牛群已達到一千一百多頭。困民國的牧場不夠用了，王亥就派人去了毗鄰的有易國，想把牛送到那裏去寄養。

沒幾日，有易國大王綿臣回話，應諾了王亥把牛寄養在有易國的請求。

就這樣，王亥選了一個吉日，帶着一百五十頭牛去了有易國。有易國大王綿臣當天設宴招待王亥。席間，小妖精表演了繩舞與爬繩的節目為眾人助興，有易國君臣都拍手稱奇，歡聲雷動。綿臣令妻子向王亥敬酒，一杯兩杯三杯地敬個不停。綿臣妻是一個美人兒，長得如花似玉，楚楚動人，眉目妖豔，弄得王亥心花怒放，與綿臣妻眉來眼去。綿臣看在眼中，怒從心頭起，惡向膽邊生，他起了殺意：一是王亥當眾調戲其妻，罪不容誅；二是王亥的一百五十頭肥牛，他想藉機侵吞下來。但王亥力大無窮，百十個人都不能近身，硬殺是絕不可行的。

綿臣心生一計，令心腹去準備了三十隻鴕雀，用竹籠裝了送到宴廳。他知道王亥喜歡生吃活鳥，便讓妻子拎着籠子送到王亥席前，說：「大王，美味來了。」王亥一見大喜，立即開籠抓鳥，抓起一隻鳥就從鳥頭下嘴吞食起來，還連聲讚道：「這鳥肉又鮮又嫩，好吃，好吃！」一連將三十隻鴕雀全都生吞進了肚子裏。豈知鴕雀的肉味雖美，但骨頭有致命的劇毒。不消片刻，王亥腹痛難熬，知是綿臣搗鬼，這鳥有毒，他馬上輕輕呻吟道：「小乖乖，我死了以後把我的屍首弄回去，牛一頭不能少！你快逃！」這時，宴廳內一片混亂，小妖精趁機逃之夭夭。

綿臣心狠手辣，把王亥屍分八塊，扔在了荒野。

小妖精看到大王的結局這般慘不忍睹，悲痛欲絕，便用繩索把大王的屍塊一塊一塊收拾捆紮好，然後偷偷去了被綿臣扣留的牛群中。小妖精輕吹了一聲口哨，一頭牛悄悄地來到了他的身邊，小妖精牽牛到了荒野棄屍處，這牛也怪，一見王亥的屍體就跪下直流淚。小妖精讓牛咬住捆屍體的繩子，叼在嘴裏。他一拍牛頭，跳上牛背就騎着牛往牛群奔去。小妖精口哨嘹亮，那牛群一聽這哨聲，便奮不顧身向小妖精奔來。小妖精站在牛背上，一路吹哨，牛群如潮水傾瀉，勢不可擋。綿臣率眾一路追逐至王亥的轄地，不敢再追，只能收兵回國。

小妖精帶回了大王的屍體，救出了一百五十頭牛，讓王亥的臣民們都驚訝不止，說這小人兒待大王不薄，有情有義。但是，王亥死了，困民國的天塌了下來。困民國內哭聲震天，三天三夜沒有停息，國內的樹木一夜之間全枯黃落葉了，那上千頭牛不再吃草，「哞哞」地嚎叫三天三夜。小妖精請困民國裏最受尊重的老巫師把大王的屍體拼湊整齊，放在一棵挖空的大橡樹樹幹中，裏面灌滿了山民釀出的好酒，把大王的屍體浸泡其中，可防止其腐爛。

小妖精想到他的師父赤腳大仙，不禁心裏暗自思忖：困民國出了這麼大的事，師父的腳趾頭就一點也感覺不到嗎？小妖精想着想着，手裏擺弄着赤腳大仙那根能變成繩索的頭髮。頓時頭髮顯靈了，赤腳大仙站在了小妖精面前，小妖精大哭起來，一把抱住了師父的腿。他長得實在太小，只能抱住大仙的小腿。小妖精抽泣着想告訴大仙所經歷的災難，大仙彎腰用手撫摸着小妖精的三角腦袋，說：「好了，別哭了，我都知道了。來，讓我看看大王。」

赤腳大仙走近存放王亥屍體的空橡樹幹前，他把一隻腳伸了進去，用大腳趾從王亥的屍體頭部開始往下按，一直按到腳尖，然後，又來回按了五回，這才收回腳，吩咐道：「這下行了，把酒舀光。」一旁的老巫師把酒舀得乾乾淨淨。這時，樹幹裏有了動靜，只見王亥睜開了眼睛，伸了伸手腿，說：「我不是死了嗎？」大仙閃到他面前，說：「大王命不該絕，幸好我的徒兒把大王的全屍帶回，否則缺了一塊，大王就活不了了。」王亥隨即爬出樹幹，拜謝大仙復活之恩。大仙說：「要謝就謝我的徒兒吧。」王亥又拜小妖精，小妖精雙手直搖，說：「大王，折殺小乖乖了。」王亥心存感激，又問了一百五十頭牛的下落，小妖精如實稟告，一百五十頭牛一頭不少都帶回了。王亥對師徒二人謝了一番。王亥又對大仙說：「我被奸人所害，此恨難平。」大仙說：「大王，得饒人處且饒人，我已請水神河伯吩咐有易國人連夜逃離，以免大王一怒之下為報仇傷及無辜。此刻，有易國已空無一人，大王去佔了，就有了新牧場，不必開殺戒了。」王亥點頭稱是，連說：「大仙說得在理。」

自此，王亥佔了有易國，開闢了新的牧場。

有易國大王綿臣在一個野獸出沒的地方又建立了一個搖民國，靠吃野獸為生。

《大荒東經》

原文：（困民國）有人曰**王亥**，兩手操鳥，方食其頭。王亥託於**有易**、河伯僕牛。有易殺王亥，取僕牛。河伯念有易，有易潛出，為國於獸，方食之，名曰**搖民**。

譯文：困民國有個人叫王亥，他用兩隻手抓着鳥，吃鳥的頭。王亥將一群牛寄養在有易國人與河伯那裏。有易國人殺死了王亥，佔有了那群寄養的牛。河伯哀念有易國人，幫助他們悄悄逃走，在野獸出沒的地方建立了國家，他們吃野獸的肉，被稱為搖民。

王亥（清·汪紱圖本）

王亥是畜牧之神，以擅長馴養牛著稱，他還是殷人的始祖。王亥的形象為「雙手操鳥」，卜辭中的亥字是鳥首人身，學者認為這體現了殷人與鳥的密切關係。

王亥僕牛與喪牛的故事反映了古代從事農耕的民族為尋求土地與異族之間發生的糾紛。

《東山經·東次四經》

原文：（北號之山）有鳥焉，其狀如雞而白首，鼠足而虎爪，其名曰鬿（普：qí｜粵：棋）雀，亦食人。

譯文：北號山上有一種鳥，牠的外形像雞，腦袋是白色的，長着老鼠的腳和老虎的爪子，牠的名字叫鬿雀，這種鳥也會吃人。

鬿雀（清·汪紱圖本）

鬿雀是一種食人怪鳥，集雞、鼠、虎三種動物的特徵於一身。《楚辭・天問》中有「鬿堆焉處」的詩句，「鬿堆」即鬿雀。

百巧兒

張錦江 文

又北二百里，曰獄法之山。
瀤澤之水出焉，
而東北流注於泰澤。
其中多鱳魚，
其狀如鯉而雞足，食之已疣。

【北山經・北次一經】

這條河內有魚吃人。百巧兒當然不會置之不理。

百巧兒本名番禺，是天帝帝俊三代孫，祖父是東海海神禺號。天神的子孫自然有神性，非同凡夫俗子。從面相上看，百巧兒不過是個二十來歲的後生，面目清秀俊朗，眉宇間自添百般豪氣，兩道劍眉，明眸熠熠。其實，這位後生已活了千年之久。他降下凡間，棲身於河邊簡陋的茅屋。這河叫瀼澤河，發源於獄法山。

百巧兒雖遠離山村獨居，但村人卻不時來他住處拜訪。他的茅屋前有一塊平整的泥地，泥地上堆滿了各種用石頭雕刻而成的石獅、石虎、石狼、石兔、石鷹，還有一些村人的石像。百巧兒整日忙於石雕，還為村人雕刻一些戴在脖子上的石頭或魚骨、動物骨頭的掛飾與女人的頭飾，村人都願意找他。誰家有新生的嬰兒，他也會雕一件特別的禮物送上門，譬如生的是男孩便送玉的鼻飾，女孩則送玉的耳環。

他的茅屋內更是放滿了各式各樣石器與玉器的工具，諸如石刀、石斧、石鑽還有石鋸，以及雕製小件用的玉鈎、玉刀、玉刺、玉針等等。村裏的一應日用器物，如石碗、石盆、石筷、石勺、石鍋、石臼等都是百巧兒的手藝。村裏還用上了百巧兒造的石磨，可以把旱稻、旱麥磨成粉，做餅或熬成粉粥吃。村民對百巧兒感恩戴德，與他混熟了，年輕的男女都叫他番哥，更多人私下裏稱他百巧兒。他的一雙手太巧了，什麼巧活兒、絕活兒都做得出來。他能用那把石斧、石鋸把樹幹鋸成木板，做成睡的牀、坐的椅子與矮凳，小孩子特別喜歡小矮凳，還為它取了一個名叫「番凳凳」。

百巧兒平日的打扮與村人無二，夏秋草裙掩體，冬日豹皮裹身。不過，村裏曾有人見到百巧兒從天上飄飛下來，渾身裹着誰也沒有見到過的柔軟的織物。那是村裏祭山神時，巫師畫的神仙樣子。有人反駁說，這是說夢話。但是，有一件事難以解釋，那就是每天夜裏百巧兒的茅屋上空都閃着藍熒熒的光。大多數村人斷定這是神仙身上才有的光，這百巧兒定是個神仙。還是有人不同意這種判斷，說那是鬼火。鬼火通常在遠處看是藍熒熒的，到了近前就什麼也沒有了。不信這話的人當然有，果然，夜晚有幾個好事的看到百巧兒茅屋上空閃着藍熒熒的光，就走到近前去看，但走近看那就是個普通的茅屋頂，一星藍熒熒的影子也沒有，只有螢火蟲飛來飛去，也許是螢火蟲的光吧。不管怎麼說，村人們一致相信他們的番哥，或者說百巧兒，不是一般人。

這天，百巧兒正在聚精會神地用玉鉤、玉針挑勾一件新生嬰兒的鼻飾，一位鄖姓山民新添了個孫子，他在趕製這份禮物。不料，一個瘦猴般的男村民闖進百巧兒的院子，心急火燎地喊着：「不得了啦！河內有魚吃人啦！」這人滿頭大汗，上氣不接下氣：「番哥，快、快！救人！」

百巧兒放下手中的活兒，二話不說，奔出茅屋，跟着走了。待到他們趕到河岸時，只見一個年輕的女人蹲在那裏掩面而泣，周圍不見其他人。瘦猴男說：「剛剛還有不少人在兩岸喊救人，現在怎麼都跑了。」

瘦猴男又說：「太嚇人了，一個男的從對岸游過來，還未游到河中央，只見河面翻騰了起來，那男的在水面掙扎，當時波浪滔天，兩岸的人都在叫『快游，快救人』，我就奔到你這裏，喊你來救人了。」

百巧兒正要上前問那女子，就聽女子一面流淚，一面說：「人沒了，人沒了，魚把他吃了，血把河水都染紅了，嚇得人都逃了。」百巧兒再問那女子，才知這男人是對岸來相親的。

原來這獄法山地界，瀼澤河兩岸有一習俗，每年七月七日這天，年輕男女隔河相親，誰看中了誰，就用山裏人編的歌謠對唱。歌詞不外乎這樣幾句：「親哥哥哎，看上了妹，俺就是你的小親妹。」「親妹子哎，看上了哥，俺就是你的親哥哥。」直率而簡單，沒有花言巧語。男女唱了兩句對上眼，男的就「撲通」一聲跳下河游到對岸，相親就成功了。

現在河水平靜了，水很清澈，沒有任何血的痕跡，似乎這裏從來沒有發生過任何事情，更不要說魚吃人的血案了。百巧兒覺得這件事來得突然，也很奇怪，他住在這裏有些年頭了，相親習俗他也清楚，但以前從來沒有發生過魚吃人的事情。而且平常的日子，河兩岸的人走親戚或辦事，只要河水沒有涼得讓人吃不消，無論男女老少都能泅渡過去。因為河面並不寬，不消片刻就泅到對岸了。怎麼會冒出吃人的怪魚呢？他要探個究竟。

這河兩岸突然安靜了。誰也沒有膽量泅水過河，兩岸的來往就此斷絕。兩岸的親人只能隔河相望，喊兩句，招招手，就失望地走了。有人想沿着河走，結果走了兩個月還沒有走到過河的地方，只好又返回來。

百巧兒先是到獄法山上的森林裏狩獵，用藤弓、木箭射死了一匹野狼，然後，用一根長長的藤條拴着死狼往河心拋去，待野狼沉入水中的一瞬間，河水翻騰了起來。百巧兒用力一拉藤條，野狼屍體已被吃掉半截，而殘屍上卻有不少的小東西咬着不放。百巧兒把殘屍與小東西都拉上了河岸，他定睛一看，這些小東西有手指那般粗，黑黑的魚身，長着一雙雞爪腳，這是雞爪怪魚。

他從來沒有見過這種怪魚，怪魚的厲害之處在於牠一張嘴就露出滿嘴鋒利的牙齒。即使把牠們拉上了岸，怪魚也不鬆口，百巧兒手持一柄石斧把這些怪魚全都砍死了。他揀起一條死怪魚瞧了瞧，不禁自語道：「這小魚兒長得怪模怪樣，竟會這般兇殘，獵殺生靈肆無忌憚，休怪我不容這種小東西留存了！」說着從豹皮裙中抽出一根玉針——此時正值深秋之季，他上身穿豹皮背心，下身着豹皮裙。他用玉針在死魚鰓旁刺了一針，那魚居然死而復生，活蹦亂跳地從他手上跌落到了河岸上。百巧兒一聲吆喝：「去吧，去與曾經的

同伴搏鬥吧！」那魚乖乖地向河內奔去。

不一會兒，那魚入了水，只見河水頓時翻湧起來。這時，百巧兒用玉針把死魚全部復活，又將牠們都派遣回到河裏。這一群重獲生命的雞爪魚像尖兵隊一般殺入河中，一時間，魚與魚互咬了起來，魚與魚互鬥了起來，河面掀起了大浪，這種搏鬥與廝殺是殊死的，各不相讓，毫無退路。百巧兒無法知道水下發生了何等慘烈的情況，只能從波浪的翻滾中猜測，他的魚兵在奮勇作戰，但無法斷定勝負如何。在河水像煮開了似的湧動漸漸平復之後，河面上連一條魚屍都未見到，這很是奇怪。百巧兒決定試試水下的情況，他把拴着的死狼的殘骸又扔進了水裏，頓時河水又翻騰了起來。他的測試使他有點失望，事實表明他施用玉針復活的魚兵，全部陣亡了，甚至連屍體也被吞食無存。待他把藤條拉上來時，狼的殘屍一點兒也沒剩下。百巧兒立即明白了，用這種辦法是無法滅掉怪魚的。

百巧兒回到茅屋，從牆角找出了一塊石料，他想把這塊石料雕刻成見到的怪魚的樣子。他的屋裏堆滿了各種各樣的石材，這茅屋已經成了他的工作間。

不消片刻，百巧兒雕出一條與真的幾乎一模一樣的雞爪魚，然後，用玉針在魚鰓處一刺，石魚活了。為使石魚與怪魚有所區別，他為石魚多雕刻了一條雞爪，也就是說石魚有三條雞爪，怪魚只有兩條雞爪，事後證明百巧兒想得是多麼周到。活的石魚在茅屋內奔跳着叫着，叫的聲音像公雞的喔喔聲。百巧兒廢寢忘食，雕刻了三天三夜，滿屋都是喔喔聲，茅屋像個大雞窩了，他數了數足足有九十九條石魚。奇怪的是這群石魚很聽百巧兒的話，百巧兒一聲令下，石魚群就都喔喔地出了茅屋，到了河邊。石巧兒說：「小勇士們，下去打敗怪魚吧！」石魚們紛紛奔下水去。

一時間，平滑如鏡的河面陡然掀起大波大浪，石魚一波又一波地向怪魚衝去，每條石魚嘴都張得大大的，露出鋒利無比的牙齒，見到怪魚就瘋狂地撕咬，當然，怪魚也不甘示弱，用同樣的鋒齒，同樣的瘋狂予以還擊，在岸上聽得到咬碎骨骼的「咯咯」響聲，以及魚骨斷裂的聲音。河面上出現了戰敗受傷的魚，又有了殘缺而嗞嗞冒着血水的魚的屍體。百巧兒看得明白，受傷的魚與死了的魚都是兩隻雞爪的，可以斷定石魚是怪魚無法戰勝的。儘管怪魚兇猛的程度並不顯弱，然而牠們絲毫無法傷害到石魚，石魚堅硬無比，怪魚的利牙咬在上面會折斷、碎裂。百巧兒為石魚多雕了一隻雞爪，使他馬上可以做出準確的判斷：石魚贏了。

河面上的波浪變得驚天動地起來，引得村裏人前來觀看。前面說到的那個瘦猴男居然帶着兩三個村民，用竹竿打撈漂浮在水上的一條魚。怪魚終究被撈上岸來了，隨即被村人哄圍了起來看稀奇。這條怪魚傷得厲害，一隻雞爪斷了，魚尾巴也缺了半截，露出紅肉，流着血水。牠橫躺着，嘴巴張得大大的，露出又尖又長的牙齒，還「嗞嗞」地發出憤怒的響聲，很是嚇人。然而這時眾人都忘了害怕，瘦猴男用一細竹竿戳了戳怪魚的嘴巴，怪魚「嗖」的一口就把竹竿咬斷了，嚇得人群退得遠遠的。瘦猴男提議：「燒死牠！」隨即，一旁有人升起了一堆火。瘦猴男用竹竿猛地一下把怪魚撥到了火堆上，怪魚在火堆上翻跳掙扎了一陣就不動了。怪魚很快烤熟了，香味冒了出來，這香味讓人忍不住流出口水來。瘦猴男搶先把烤魚從火堆上撥了出來，他勇敢地抓起魚咬了一口，讚不絕口：「香，真香，味道像魚又像雞，好吃。」這一發現讓所有的人興奮起來，紛紛用竹竿到河裏撈起了魚。

禍事又發生了。

有人腳下一滑掉進了河裏，連聲喊救命。百巧兒立即飛奔過來跳下水去，把那人一把抱上了岸，也不過一眨眼的工夫，那人的一條胳膊就只剩下了半截。眾人這才醒悟過來，這裏很危險，於是都遠遠地退離了河岸，不再撈魚。同時，大家發覺百巧兒從河裏上岸時渾身上下沒有一處傷痕，都驚訝不止。誰也不知道他有一根奇妙的玉針，有了這根玉針，百物都傷不了他。那被魚咬掉半截胳膊的人，血流不止，百巧兒掏出玉針在他胳膊上刺了一下止了血，又讓人趕緊把他抬回了家。

禍事告訴了百巧兒與村人一個事實：這魚能吃，而且美味。但是，誰也沒有膽量去撈魚了。河面上浮起來的魚越來越多，石魚的攻擊沒有停息片刻。百巧兒在想這樣一個問題：用竹子紮成一個浮動的竹排，一方面在竹排上可以撈魚，一方面可以解決過河的困難。他說幹就幹，浮動的竹排做成了，把它往河內一推，跳將上去，用一根長竹竿向河中央撐去。想不到還沒有撐到河中央，竹竿與竹排就都被怪魚咬得粉碎。他掉進水裏，又泅水爬上了岸。

百巧兒又做一個木排，同樣遭到了怪魚毀滅性的撕咬。百巧兒做的竹排與木排，後來被稱為「竹筏」「木筏」，是船的雛形。他決定不再做這種試驗。他想到了那些浮在水上的野鴨、鷺鷥、魚鷹，還有舂米穀用的石臼，就這麼幹吧，用一塊巨大的山石，像做石臼一樣把它鑿空，鑿雕成一隻可以裝得下十個人的石臼鴨，讓它浮在水面上，石魚的勝利告訴他，怪魚是咬不動石頭的。

百巧兒在附近的山上找到了一塊長方形的巨石，他覺得很適合，但是，這塊巨石過於巨大，難以搬運，他決定試試。他用玉針刺了一下食指，手指滲出了一滴血，他把這滴血塗在了巨石上，然後用玉針在塗血的地方刺了一下，這巨石立時像長了腿一樣滾下山去，一直滾到茅屋前的泥地上停了下來。

百巧兒就在這泥地上，用石斧、石鑿、石鑽、石刀奮力地砍鑿巨石，只見火星飛濺，碎石亂蹦。百巧兒脫去豹皮衣，赤裸上身，揮汗如雨。在啟明星閃爍的時候，巨石被鑿空了，這是一個巨大無比的石臼，百巧兒覺得它可以站得下十個人了。在東方有了一抹橘色紅霞的時候，百巧兒在石臼的兩側雕出了兩隻圓圓的大眼睛，還在前方雕了一隻鴨頭，在底部左右兩側各雕了一隻鴨蹼。他做完了這些，紅紅的太陽升了起來。他掏出玉針，刺破了手指，將一滴血滴在了鴨頭上，然後撫拍了一下鴨頭，輕柔地說了一聲：「下水去吧。」龐大的石臼鴨一搖一擺地用鴨蹼走了起來，並逕自走到了河裏，一動不動地浮在岸邊。

這時，百巧兒跳上石臼鴨，石臼鴨穩穩地浮着。百巧兒用手拍了拍鴨頭輕聲吆喝道：「離岸，向前。」石臼鴨離岸向前了。又吆喝道：「向左。」石臼鴨照他說的向左了。再吆喝道：「向右。」石臼鴨向右。還吆喝道：「向後退。」石臼鴨一絲不差地向後退了。百巧兒非常滿意這石臼鴨的舉動。雖然他感覺到石臼鴨的底部有東西在湧動，一定是怪魚在啃咬，但是，牠們無法咬穿堅硬的石頭。他還看到有幾條怪魚企圖從石臼鴨的兩側用雞爪爬上來，但爬了幾下都因石頭太滑而放棄了。

石臼鴨的出現，轟動了整個獄法山區。石臼鴨的神奇讓村民們驚歎不止，那個瘦猴男問百巧兒：「這是什麼呀，這麼厲害，可以浮在水面上，還那麼聽話。」百巧兒說：「你不看看清楚，這是一隻很大很大的碾米穀的石臼呀，不過，我雕了鴨的眼睛，還雕了鴨頭、鴨蹼，所以它聽人的話了。」眾人知道這是百巧兒施展了神力才會這樣的。瘦猴男又問：「叫它什麼呢？」百巧兒說：「就叫它石臼鴨吧。」

起初，百巧兒領着村人乘着石臼鴨在河裏撈魚。百巧兒的石魚在河裏戰果輝煌，河面上漂滿了魚，撈也撈不盡。

後來，百巧兒教會村人如何指揮石臼鴨，如何把撈上來的魚先用石斧敲死，以防怪魚傷人。之後，村人每班十人輪流在河上撈魚。百巧兒回到了他的茅屋。這樣，村裏人開始大吃怪魚，並想法兒做出了各種各樣的美食，如烤魚、炸魚、醬魚、魚湯、魚粥，等等。吃着吃着，村裏男女老少的皮膚光滑水亮起來，至此，這獄法山區的村民沒有一個皮膚長贅瘤、生癤的。

這吃魚的日子過了很久，兩岸相親的民俗也恢復了。現在人們相親、探親不用泅水了，乘上石臼鴨相親、探親，恩恩愛愛，來來往往，多好呀。

最後一條雞爪魚漂浮了上來，這魚比其他雞爪魚大十倍，這是雞爪魚王。也就是說雞爪魚全部被石魚消滅了。這天，百巧兒上了石臼鴨，用他的玉針在河水裏攪動了幾下，九十九條石魚頓時全游了過來，擠在一起親吻玉針，凡碰到玉針的隨即變回石頭沉入了水底，九十九條石魚就這樣消失了。百巧兒說：「假的魚不留在世上。」然後，百巧兒撿起那條雞爪魚王，魚王已被石斧敲死了，他用玉針在魚鰓處一刺，魚王立刻活了。百巧兒把牠扔回了河內，說：「這魚不會再害人了，留着牠給子孫後代嚐嚐這種美味吧。」就這樣，若干年後，獄法山區的雞爪魚美食聞名於世。

又過了不知多少歲月，人們才知這石臼鴨的名字應該叫作「船」。這是中國最古老的船，而百巧兒便是中國的造船老祖。

後來，百巧兒遊歷名山大川，他造的石臼鴨也遍及各條河川。

故事取材

《海內經》

原文：帝俊生禺號，禺号生淫梁，淫梁生番（普：pān｜粵：潘）禺，是始為舟。

譯文：帝俊生下了禺號，禺號生下了淫梁，淫梁生下了番禺，番禺最早發明了船。

《北山經·北次一經》

原文：（少咸之山）又北二百里，曰獄法之山。瀤（普：huái｜粵：懷）澤之水出焉，而東北流注於泰澤。其中多鱳（普：zǎo｜粵：早）魚，其狀如鯉而雞足，食之已疣。

譯文：少咸山再向北二百里，是獄法山。瀤澤水發源於此，流向東北注入泰澤。水中有很多鱳魚，牠們的樣子像鯉魚卻長着雞的腳，吃這種魚的肉可以治癒贅疣。

鱳魚（清·吳任臣圖本）

鱳魚是一種半魚半鳥的怪魚，牠的樣子像鯉魚卻長着雞腳，據說吃了牠的肉可以治贅疣。

田神

程逸汝 文

有西周之國，姬姓，食穀。有人方耕，名曰叔均。帝俊生后稷，稷降以百穀。稷之弟曰台璽，生叔均，叔均是代其父及稷播百穀，始作耕。

【大荒西經】

很早很早的年代，距今少說也有四千年了，在西北海之外，赤水之東，有個長脛國，住着炎帝後裔有邰氏[1]的女兒——姜嫄[2]。

一天，姜嫄在家覺得有些鬱悶，便獨自到石洞外散步，只見雲霧繚繞，花紅草綠，蝶飛鳥鳴，便沿着溪流一路走去，不知不覺已遠離石洞來到大山峭壁前。突然，一陣狂風吹來，姜嫄差點被捲到半空，還好，她眼疾手快，緊緊抱住了身旁的一棵大樹，這才站穩腳跟，沒被狂風捲走。姜嫄生怕狂風再次襲擊，步履匆匆地朝石洞走去。不料，她突然頭暈眼花，感到全身乏力，眼前一顆顆金星上下閃爍，兩腿顫抖，飢餓難忍，最後終於支撐不住，腳一軟倒在石洞前。這時，她看到地上有一堆穀種，便吞食起來，姜嫄覺得從未嚐到過如此美味的穀種。

自從吞食穀種後，姜嫄就覺得肚子在蠕動、膨脹。九個月後，姜嫄生下了一個全身黝黑、黑裏透紅的男嬰。男嬰大哭時，哭聲驚天動地，奇怪的是男嬰只要臉朝土地，哭聲便

---

① 有邰（普：tái︱粵：抬）氏：神話傳說中古部落名，是炎帝神農氏姜姓的後代。

② 姜嫄（普：yuán︱粵：原）：上古傳說人物，五帝之一高辛氏的正妃。

霎時終止，隨即笑成一朵花。

姜嫄吞食穀種生下男嬰的事，很快傳遍了部落，部落的族人咬定男嬰來歷不明，唯恐不祥，三次逼迫姜嫄拋棄男嬰。第一次，姜嫄把男嬰拋棄在牛羊必經之道，但奇怪的是成群的牛羊經過時，竟會紛紛繞開男嬰，男嬰毫髮無損，安然無恙。第二次，族人另想辦法，將男嬰丟棄在野獸出沒的森林裏，但令族人感到驚異的是，男嬰仍然存活了下來，還手舞足蹈，呀呀唱歌。第三次，大雪紛飛，天寒地凍，族人還是不死心，再次將男嬰拋棄在山腳下的寒冰上，但奇跡又發生了，一群飛鳥拍搧着翅膀，漸漸飛近男嬰，用羽毛庇護男嬰，用胸脯緊貼男嬰，輸送溫暖，突然，男嬰蹦跳三下，變成了男孩，大聲呼喚：「我來了！我來了！」他一路呼喚，一路走回了家。

終於，族人醒悟了，這孩子三次拋棄未成，反而一下子長大了，他的降臨是天帝的旨意啊！他不是災星，而是天帝派來的福星。族人馬上給男孩取名叫「棄」，意思是：棄而未棄，定有神奇。

從此，棄就與生母姜嫄日夜相伴，母子情深。姜嫄發覺棄與別的孩子不一樣，特別喜歡泥土，喜歡躺在泥土上含笑閉目，不知在做什麼美夢。棄不跟其他孩子玩耍、遊戲，卻喜歡獨自種植豆、瓜類等農作物，且種出的農作物都果實飽滿，滋味鮮美。後來，棄逐漸長大了，他看到部落裏的居民每天用弓箭打獵，可是，每到冬天，野獸少了，居民們就得挨餓。可見，靠狩獵不是長久之計。棄便開始帶頭在山下播種穀物。這一年，風調雨順，天下太平，家家堆滿穀物，戶戶開鍋有糧，這全是棄的功勞，人們感受到了棄的神通，族人遂順從民意，為棄改名叫后稷，賜號田神。田神后稷就是掌管穀物之神。

田神后稷不僅掌管穀物，還向居民們傳授種稷的本領。種稷先要鬆土，接着便是撒種。面對烏黑鬆軟的沃土，田神后稷的左肩背着藤條編製的籮筐，筐裏滿是金黃的穀種，右手抓一把穀種，輕輕抖動，穀種便紛紛撒落在沃土上。田神后稷邁開兩腳，腳掌不停地撥動泥土，泥土就像被子似的，紛紛蓋住了穀種。一瞬間，田神后稷搖擺身子，搖出了三個，五個，十個……嘻！個子、長相、動作一模一樣的田神后稷，帶領着居民們一起播種，還哼哼哈哈唱響了播種歌：「播種唷，哎喲！播種唷，哎喲！穀種變稻穀唷，哎喲！稻穀堆滿倉唷，哎喲……」田神后稷興高采烈地唱着，居民們來勁了，也一起大聲跟唱，撒種的場面熱火朝天，這全是田神后稷的一番心血啊！

田神后稷疏通河道，開渠排水，哪怕暴雨傾瀉，哪怕田地龜裂，他都妙計藏身，應對自如。天帝保佑田神后稷，田神后稷賜福居民，一年四季風調雨順，稻穀堆積如山。田神后稷笑顏逐開地望着大伙分享收穫穀粒的喜悅，他們個個自得其樂，人人其樂無窮。

日復一日，年復一年，田神后稷在，豐收在，田神后稷在，糧如山。可是，世上哪有永遠一帆風順的事呢？

秋季的一天清晨，部落裏最強悍的頭人里木，望着隨風起伏的稻浪，不由自主地邁開兩腿，漸漸地走到田邊，突然，飛來一隻淡黃色的蟲子，趴在稻稈上啃噬穀粒。頭人里木橫眉豎眼，抓住蟲子狠狠一甩一踩，踩個稀巴爛！這下惹禍了，只見田邊飄來一朵淡黃色的怪雲，怪雲越飄越近，越看越怪，越來越大，幾乎遮住半個天空。

當怪雲墜落到稻田時，頭人里木失魂落魄地驚叫起來：「蟲，吃……吃穀粒的蟲！」

頭人里木不知道吃穀粒的蟲是蝗蟲。眼前，鋪天蓋地的蝗蟲全趴在稻稈上，發出啃噬穀粒的吱吱聲。恐怖，沮喪，絕望……

「蟲，壞蟲，壞……壞蟲，害稻穀蟲！」頭人里木大聲吼叫。這叫聲響徹四面八方，喚來了手持荊棘枝條的一群部落居民，他們齊心協力，用荊棘枝條拍打蝗蟲，可是一點不管用，偶爾打死一隻，飛起一群，上躥下跳，群魔亂舞，眼看穀粒被快速吃光殆盡，頭人里木這才想起自己該呼喚的不光是居民，更該呼喚田神后稷。他再次拉大嗓門：「田神后稷，后稷田神！田神……」

一朵橘紅的祥雲從天空降下，站在祥雲上的正是田神后稷。他慈眉善目，淡定從容，手持一把長劍，劍鋒寒光逼人。長劍一揮舞，蝗蟲就躲開了。但這裏躲開那裏來，斬不死，更猖獗。眼看穀粒被蝗蟲越啃越少，若任其啃下去，穀粒會蕩然無存。田神后稷嘴唇翕動，默默自語，他是在求天帝顯靈相助，賜予大智，消滅蝗蟲。這時，天空中又飄來一朵更巨大的淡黃色的怪雲，怪雲立馬變成傾盆蟲雨，蝗蟲劈哩啪啦灑下，稀哩嘩啦蹦跳，這是蟲災呀！田神后稷不再驅蟲，而在求助滅蟲。他將長劍插在田頭，蝗蟲紛紛逃竄。祥雲輕輕飄起，悠悠南去，這是要將后稷送到哪裏呢？

「田神后稷！」頭人里木一發覺后稷不在，又大叫起來，「田神后稷？田神后稷走啦！」

「不！田神后稷不能走！」居民們一起呼喚，「田神后稷快來呀！」

那朵更大的怪雲飄到了稻穀的上空，正在快速下降，突然，嘩啦啦，淡黃色的暴雨傾瀉下來，那不是暴雨，而是蟲雨，成千上萬的蝗蟲像雨點般落下。這回，田神后稷的長劍也不管用了，蝗蟲紛紛用頭撞擊長劍，長劍瞬間倒下，啃噬稻穀的吱吱聲更響了。居民們放下了手中的荊棘枝條，歎氣了，絕望了，跪下了……

「天帝呀，」居民們一起苦苦哀求，「穀粒全被害蟲吃了，我們沒法兒活了！」

「田神后稷呀，你在哪裏？天帝呀，快讓田神后稷來救我們！」

天帝真的顯靈啦！想田神后稷，田神后稷到。田神后稷抬頭挺胸，仰望天空，拱手向天帝三鞠躬，隨即從懷裏掏出一塊火紅寶石，拉大嗓門呼喊：「靈通寶石，寶石靈通，驅逐蟲害，消滅蝗蟲！」

言畢，田神后稷將火紅寶石甩向稻穀的上空，頓時，空中盛開出一朵巨大無比的紅花，幾乎將整個天空遮擋住。突然，花瓣四處散開，變成成千上萬朵火花，瞄準成千上萬隻蝗蟲，哧，哧，哧，哧……蝗蟲燃燒成一縷縷青煙，消失在空中。這叫火攻蝗蟲，消災成功。

頭人里木和居民們目睹田神后稷用火紅的靈通寶石滅蟲除災，一齊向田神后稷豎起大拇指，捶胸頓足，表示敬意。不料，田神后稷並未含笑回敬，卻愁容滿面，凝望穀田，莫非他發現了什麼不幸的跡象？

果然，天邊又飄來巨大的淡黃雲朵，雲朵越飄越快，來勢兇猛，瞬間，比剛才更猛烈的蟲雨，似金黃的瀑布般傾瀉而下。后稷用過的火紅寶石只能顯一次靈，它已隨着火燒蝗蟲而失去靈氣，該如何應對眼前更大的蟲災？田神后稷不愧是先帝的恩賜，他先閉目養神，接着，唸誦消災咒語：「谷哩嘛啦咚轟，轟哩嘛啦咚穀……」咒語召來了飢餓神，只見大大小小的飢餓神頭大如斗，身高如塔，肚癟如窪，一齊呼嘯而來，張開血盆大口，驟起的狂風竟能順從飢餓神的需求，不停地旋轉着，將成千上萬隻蝗蟲推送到血盆大口中，不一會兒，飢餓神如窪的癟肚漸漸鼓起，像一座座小山頭，成了埋葬蝗蟲的墳墓。

「壞蟲滅啦！壞蟲滅啦！」頭人里木振臂呼喊，呼喊聲激勵了部落居民們一齊呼喊，喊聲似雷聲滾滾，滾過田地。

不知什麼時候，飢餓神銷聲匿跡，頭人里木已經站在穀田邊，眼前盡是密密麻麻被神火燒焦的蝗蟲屍體躺在乾裂的田地上，更可怕的是：神火在摧毀蝗蟲時，將田地四周溝渠的水也全燒乾了。乾裂的田地不會讓穀種發芽、拔節、長穗，田地將顆粒無收，往後的日子怎麼過呀？

頭人里木回頭一看，居民們也都匯聚過來，望着乾裂的田地，唉聲歎氣，號啕大哭……唯有田神后稷胸有成竹，不動聲色。只見他又從懷裏掏出一塊透明寶石，拉大嗓門呼喊：「靈通寶石，寶石靈通，渠水流淌，田地滋潤！」

言畢，田神后稷將透明寶石甩向田地的上空，頓時，空中盛開出一朵巨大無比的白花，幾乎將整個天空遮擋住。突然，花瓣朝四處散開，變成成千上萬朵水花，水花對準乾裂的田地，嘩，嘩，嘩，嘩……亮晶晶地噴灑下來，渠水流淌了，田地滋潤了。這叫空中噴灑，降水成功。

農田又好撒稻穀種子啦！居民們歡呼雀躍，樂不可支。可是，一想到從撒種子到收穀粒需要漫長的時間，愁雲又爬上心頭。這時，田神后稷將頭人里木拉到一旁，湊近他的耳朵說了幾句悄悄話，里木點點頭，示意明白，再拍拍胸，示意記住。田神后稷這才一步一步走向母親姜嫄曾吞食穀種的石洞，登上石洞近處的小土堆，又從懷裏掏出一塊黃寶石，拉大嗓門呼喊：「靈通寶石，寶石靈通，稻穀飄香，豐收在望！」

言畢，田神后稷將黃寶石甩向田地的上空，頓時，空中盛開出一朵巨大無比的黃花，幾乎將整個天空遮擋住。突然，花瓣朝四處散開，變成成千上萬朵黃花，黃花對準滋潤的田地，呼，呼，呼，呼……一朵一朵撒下來，稻穀長滿了，穀粒回來了。這叫穀粒返回，豐收成功。

「田神后稷，神通廣大！」

「寶石造福，天帝顯靈！」

居民們再次振臂呼喊，喊聲震天，他們仰望上天，似乎一下能看見天帝的身影，可是，天帝沒看到，田神后稷竟在土堆上消失得無影無蹤。

頭人里木用食指敲敲嘴唇，示意大伙兒別出聲，揮揮手臂，示意大伙兒跟着走，走到土堆旁，只見石洞閃爍着神奇的七色光彩。頭人里木走到石洞裏蹲下身子，用手掌扒開鬆軟的泥土，突然，泥土裏顯露出一顆紅寶石，紅光閃耀，那不是火燒蝗蟲的紅寶石嗎？一會兒，頭人里木將紅、白、黃三顆寶石高高舉過頭頂，眼眶裏含着晶瑩的淚花，哽咽着說：「鄉親們，田神后稷不會回來了，我們永遠見不到他了。這三顆神奇的寶石是他留給我們的。從此，我們再也不怕蟲災，不怕田地乾裂，不怕顆粒無收了。我們能過上好日子，世世代代五穀豐登，家家戶戶穀粒滿倉！」

居民們不約而同地將田神后稷留下的放寶石的石洞團團圍住，頭人里木仍然將三顆寶石放進石洞，石洞的七色光彩變了，變成了金黃的光彩，象徵着五穀豐登，豐收在望。

從此，誰也不曾去挪動那三塊寶石。誰想念田神后稷，誰就能在石洞裏看見田神后稷，至今還沒出現過說看不見田神后稷的人。

《大荒西經》

原文：西北海之外，赤水之東，有長脛之國。

有西周之國，姬姓，食穀。有人方耕，名曰叔均。帝俊生**后稷**，稷降以百穀。稷之弟曰台璽，生叔均，叔均是代其父及稷播百穀，始作耕。

譯文：在西北海以外，赤水的東岸，有個長脛國。

有個西周國，這裏的人姓姬，以五穀為食。有個人在耕田，他的名字叫叔均。帝俊生下了后稷，后稷從天上把各種穀物的種子帶到下界。后稷的弟弟名叫台璽，台璽生下了叔均，叔均便代替他的父親及后稷播種各種穀物，創造了耕田的方法。

蠶神

宋雪蕾 文

歐絲之野在大踵東，
一女子跪，據樹歐絲。
三桑無枝，在歐絲東，
其木長百仞，無枝。

樵夫背着砍來當柴火的樹枝，從山上下來。他有一張飽滿的方形臉，黝黑粗糙。背脊後隆起的一大捆樹枝，將他的脊背壓得像一張彎弓。樵夫回家途中必經一片名叫歐絲野的荒地，他直起背脊稍作停歇，舉目望去，不遠處碧綠的樹叢中，隱隱約約有個穿着白色裙裾、跪在樹下的女人的身影。偏僻之地，何來女人？女人又怎會跪在樹下？樵夫好奇，快步走到樹前。只見三棵桑樹並排着，幹上無枝，樹幹頂部冒出的桑葉連成一片，好似曠野上漂浮着的一座小綠島，靜寂的樹叢中沒有半點女人的影子。樵夫撓撓頭皮，聳了聳肩，心想莫非是自己單身漢想媳婦看花了眼？暗自一笑，回家去了。

此後一連數日，樵夫留心觀察，總能望見桑樹叢中有穿白裙裾女人的身影若隱若現，而每當他走到樹前，卻總是失望：樹叢中哪有人影？太不可思議了。他疑惑着，並沒有離開，而是卸下柴，站到柴捆上，爬到樹頂有桑葉的地方，用手撥開桑葉，這邊瞧瞧，那邊瞅瞅，在葉片間隙處細心察看了好一會兒。嚯！忽然他眼睛一亮，發現一條小指頭般粗細的白色蟲兒在葉片上蠕動。白色蟲兒發覺有動靜，便仰起頭凝視樵夫。「小蟲兒怎會變成女人？不可能吧。」樵夫覺得驚奇又好笑，自言自語道。他採下這片帶蟲兒的桑葉，托在手心裏帶回了家。

走過很長一段荊棘叢生的羊腸小徑，樵夫終於望見了山腳下零星的茅草屋。這裏算得上是一個小村落，樵夫的家就在其中。他跨進簡陋的茅草屋，將桑葉和蟲兒隨手放在柴草間的牆角邊，卸下背脊上的柴火，忙着去燒水做飯。山裏的夜晚萬籟俱寂，人們生活單調枯燥，除了幹活，就是吃飯、睡覺。樵夫五短身材，自幼失去雙親，而立之年娶不上媳婦，更是寂寞無趣，便早早地在裏間的木牀上酣然大睡。

第二天清晨，他到柴草間準備生火，一眼看見地上多了一團柔軟的織物。他驚疑地撿起，是一條輕柔光滑的白色帶子。哪來的？他環顧四周，沒有異樣，索性將帶子往腰上一繫，當作腰帶縛住舊褂子，一新一舊有點不協調。再看牆角邊，蟲兒還在，桑葉沒了。「你愛吃桑葉，我就給你多帶些回來。不會讓你餓肚子。」樵夫臨出門前對蟲兒說。果然這一晚蟲兒又飽餐一頓。次日，當樵夫踏進柴草間，他一下驚訝得目瞪口呆：地上躺着一件閃着光澤的嶄新褂子。他撿起來手一摸，非常舒服，像鳥兒的羽毛般柔軟順滑。樵夫從未見過這般美好的衣衫，他捧着褂子朝天嘿嘿笑道：「一定是老天發善心，念我是單身漢，從天上飄下來的吧。」樵夫不再多想，脫下粗舊麻衣，換上新褂子，縛了腰帶，喜不自禁地出門去了。

「新褂子？不尋常啊。」

村人見了樵夫的新褂子，圍着他摸前襟、捏下擺，看前看後羡慕不已。

「稀罕物，哪個女人給你做的？」問話者長得人高馬大，是村裏的頭人。

「女人……沒有女人！」樵夫支支吾吾了半天說不上來，實在被逼急了，說道：「誰也沒有！我睡了一晚上，柴草間的地上就有了。」

「瞎吹。哄人呢！」「你可說得真神了！」「誰相信！」村人起哄說。

「不信，今晚你們來看。」樵夫嘴上這麼說，心裏也沒底，自己也想看個明白。

夜色朦朧，樵夫的柴草間一掃往日的冷落，今晚有點不尋常。頭人帶着一幫村人趴在柴草間及人腰的矮牆上，大家屏住了氣息，不敢大聲言語，眼睛掃視着裏面每一個黑乎乎的角落，每一寸黑乎乎的地面，甚至牆角那一堆黑乎乎的柴火。月光照進來，照着牆角柴草堆上的一條白色蟲兒，牠很小，蠕動着，柴草間裏唯有牠是活物，大家的眼光都注視着牠。大半夜過去，一切照舊，夜的寒意逼得大家疲憊睏乏，身子哆嗦得心思也散了，村人打着哈欠，說樵夫騙人，打算回家睡覺去。噓，有人輕輕喚了一聲，指頭一指。大家警覺地朝那人手指的方向看去，只見白色蟲兒正蠕動着慢慢變化，從手指般粗，變成了棍子般粗，又變成大的白蘿蔔一樣，繼而變大成了人形，最後化為一個跪地的長髮女人。

「女人？蟲會變女人？」樵夫驚詫地情不自禁脫口而出。蟲兒變女人！村人驚得吐舌，面面相覷。女人身着白色裙裾，背對着眾人，她不停地上下左右搖晃着頭，村人望見她從嘴裏吐出絲來，那絲飄飄繞繞閃着光。

「一個女人！」

「女人怎會吐絲？」

「分明是妖怪。」

村人驚恐不安地竊竊議論開來。

「妖怪的臉一定很恐怖噁心。」

「不如趁機逮住，殺死她。」

「等天亮再看吧，天太黑我們反會被妖怪施法吃了。」

頭人吩咐村人去找來一張大漁網，準備逮妖怪。東方微白，晨曦染紅了地平線。村人擁向柴草間門口，仗着人多勢眾，猛然齊聲大叫衝進去，一網兜住了白衣女。她驚恐得低頭縮成一團，隨即被拖拉到場地上。村人手舉粗木棒、長竹竿正要打「妖怪」——

「不能打！」樵夫急忙喝住村人，用身體擋在白衣女前面，「我的漂亮腰帶、新褂子一定是她織成的，天下哪有不害人的好心妖怪？我無父母依靠，她為我織布做衣，是在做善事啊。」頃刻間，眾人無語。

白衣女抬起頭，在漁網中站起身，轉向樵夫，眼裏充滿了感激。此時，村人看清了她的臉面，是一個如天仙般美麗非凡的女人。她的長裙裾上，浮着一層朝霞一樣的光輝。村人們先是驚愕，又讚歎不已，目不轉睛地盯着她看。她的美有一種超凡脫俗的仙氣，使人不由得放下了舉棒的手臂。頭人轉動着小眼珠，比誰看得都真切。

「長得美就不是妖了？我家昨天突然死了三隻雞，說不準是她施妖術害的。」有人訕訕地說，「留她在村裏恐怕要遭大難，不如趁早殺死她。」也有人附和讚許這個提議。

頭人走到白衣女跟前，又端詳她片刻，神情嚴肅地說：「先不忙着殺，是人是妖給我時間來探個分明。是妖，逃不了，再殺也不遲。是人，錯殺是罪過。」他手一揮，命人將白衣女送到自家的小高屋裏。頭人年近花甲，凡事愛出謀劃策拿個主意，幾十年來村上的事大多由他說了算，近來因為妻子重病不起，他煩躁不安。

白衣女被眾人拎在網中送去小高屋，看着她誠惶誠恐的眼神，樵夫無奈又悲哀地叫嚷：「不該送去小高屋。她沒犯錯。」他的叫嚷聲被一群村人雜亂的腳步聲和議論聲給淹沒了。樵夫追隨而去卻被人推倒在地。這時，從漁網裏飄出一條閃着光澤的白絲巾，被一個叫阿巧兒的姑娘撿了去。

小高屋是族人犯錯受罰的地方，陰暗不見天日。一個善良的弱女人，為什麼要這樣對待她？她沒有桑葉吃，會餓死。樵夫終於失眠了，在木牀上輾轉，滿腦子都是白衣女的面容身影。

待人們離去，小村恢復了寧靜。頭人悄悄地打開被鎖的小高屋門，進去後又將門關上。白衣女坐在地上，望着牆頂上小窗露出的一條縫，這裏可以透進一點新鮮的空氣。頭人盯着她嬌妍的臉，痴痴笑着湊過去，輕聲問：「餓了吧，我給你拿飯菜來。」說着去拉她的手。白衣女注視着頭人邪惡的眼睛，將手用力抽回。一剎那間頭人分明感受到她纖纖玉手的細滑柔嫩。「美人兒，做我的妻子可好？」白衣女閉目不答。「你也該給我織件漂亮的褂子。樵夫那個蠢傢伙，犯不着和他交往。哪天，我要想個法子將他趕出村子。」頭人沉悶的言語聲，彷彿帶着從地下散發出的霉味，令人噁心。

白衣女輕聲細語地說：「褂子，我織。你去歐絲野，挑兩籮筐桑葉來。」

「好好。」頭人眉開眼笑地答應着，臨走鎖門時又探進頭，色瞇瞇地看了看白衣女。

從歐絲野採兩籮筐桑葉又挑回來，把頭人折騰得夠嗆，他氣喘吁吁將桑葉片裝在盆中，滿臉堆笑着端進小高屋：「美人兒，我看你吃。」

「不，你去喝酒。褂子要一天一夜才能織完，記住中間千萬別開門進來。」白衣女冷冷地說。

「哎，好好，我等你織完進來。」頭人狡黠地摸了摸下巴退出小高屋，去自己房中喝酒了。他邊喝邊得意，美人、美麗的衣衫都屬於我了，我豔福不淺啊。喝着喝着，他醉倒了。

白衣女變成一條蟲，吃了桑葉，變回女人，又搖頭吐絲。絲彎彎繞繞，閃着光澤。

她打從心裏痛恨這個可惡的頭人。她用吐出的絲織褂子，雙手不停地交叉，交叉，織得很快，很快，手指非常有力量，好像要把很多心裏話統統編織進去。屋外下着雨，白衣女孤苦地靠在窗下。忽然，她聽到牆外有說話聲，那個叫阿巧兒的姑娘正在小高屋的草簷下躲雨，自個兒說着話：「這雨，怎麼下個不停呢？」白衣女忙敲擊起土牆，敲擊聲有節奏很急促。阿巧兒感覺很異常，靠着土牆側頭聽，好像有聲音，白衣女不是就關在裏面麼。

「妖兒，怎麼啦？」阿巧兒問。

「救我出去吧。我是蠶，不是妖。待這裏，我會死。」

阿巧兒有點膽怯，不知該怎麼做。

「樵夫，他能救我！救我，我能教你織漂亮的衣衫。」

最後兩句話，點亮了阿巧兒的心燈，她激動起來，飛快地鑽進雨中跑去樵夫家。

窗縫兒只有兩個指頭這麼寬，人的身體出不去，牆太高又有窗櫺[1]攔着，只能變成蠶爬出去。白衣女沒有白白等待，她變成蠶，艱難地貼着牆往上蠕動。朝上豎着爬，比在平地上爬難多了。她抬起頭，想看看窗縫裏的亮光，卻栽了一個跟斗掉下地。她又重新從牆角下開始爬，爬了尺把高又掉下地……樵夫樵夫，她在心中呼喚。

樵夫整天站在柴草間心神不定，恍恍惚惚擔憂着她，

① 窗櫺（普：líng｜粵：玲）：古時候窗戶上以木條交錯製成的格子。

又懼怕頭人的威嚴，不敢輕易去小高屋。阿巧兒急匆匆跑來說：「白衣女讓你去救她。」樵夫二話不說，將砍刀插在腰間，一手抓住一捆繩子，跟着她就走。

土牆二丈多高，他們夠不到窗縫。樵夫蹲下後，讓阿巧兒踩上他的肩頭再站起來，還是差一截。樵夫用手敲了敲土牆，然後阿巧兒將繩子一頭甩進窗縫，繩端垂下去。蠶聽到聲音，看見落下的繩子馬上蠕動着過來，爬上繩頭，阿巧兒慢慢朝上收回繩子，蠶趴在繩子上跟着出了窗縫。就這樣，樵夫和阿巧兒在雨聲的掩護下，神不知鬼不覺地把蠶救出來了。

樵夫雙手合蓋着，將蠶放在裏面，阿巧兒挎着繩圈跟在後面，他們冒雨回到樵夫的柴草間，將蠶放在柴堆上。

阿巧兒和樵夫渾身被雨淋濕了，但阿巧兒沒有馬上離開，她要看蠶，看她變成白衣女。樵夫燒起一堆乾柴，讓阿巧兒圍着烤火，又端來一碗姜㶩湯，憨厚地笑着遞給她喝。阿巧兒欣喜地接過慢慢喝着，樵夫自己坐在她對面也在喝，火光映着兩張紅撲撲的臉——是救蠶後的興奮，還是第一次近距離相對的羞澀？兩人就這樣靜靜地相對坐着……忽然，阿巧兒想起來一件重要的事情，說：「那蟲其實叫蠶，是她隔了牆告訴我的。」

「蠶。蠶。」樵夫重複着。

他們一起朝蠶看去，她已是一個跪地的美麗女人。白衣女輕柔地說：「你們真是很般配的一對兒。」說得他們的臉更紅了。「是樵夫把我帶到人的身邊，看到了人心不同，相貌各異。你們救我，我很感激。如果你們有意相守，我將織絲術傳授給心無邪念的你們倆。好人才配穿好衣衫。」

憨厚的樵夫微笑着向阿巧兒伸去一雙大手，阿巧兒一直喜歡他勤勞善良，輕輕地拉住了他的手。

白衣女很高興，她搖頭吐絲，絲閃着光澤，彎彎繞繞飄浮着。她用手指捏着絲，來回穿梭交叉，過了半天工夫，在腿上編織出一件淺藍色長袍。白衣女將長袍套上阿巧兒的身子，她立刻美豔無比，長袍輕柔飄曳，好似天邊飄來的雲彩，覆着她的身體。阿巧兒覺得幸福快樂極了，她和樵夫將木凳子倒過來，面對面坐着纏着蠶絲，學着編織。

頭人酒醉醒來，搖晃着腳步開門進到小高屋裏，白衣女不見了。他將屋子牆壁和四角細看了幾遍，連蟲的影子也沒有。他撿起地上揉成團的絲織物，抖開，看到了一件深灰褂子，便乾笑着穿上身。「美人，你是我的。我非要把你找回來。」他攥緊拳頭狠狠地說。他拿着長矛在村子的每戶人家附近竄來竄去，喊着、尋找着。好事的村人跟在他身後幫襯着。

他們跑到樵夫的柴草間，只見白衣女正在教樵夫和阿巧兒織絲，頭人怒氣衝天地向她責問道：「你，你是怎麼逃出來的？」他又看了看樵夫和阿巧兒：「你們倆膽子夠大的，不幹好事，一起關進去！」

白衣女望着頭人說：「小高屋不該關好人。應該把你關進去。」村人們搞不清是怎麼回事，只好站着不動，誰都不敢碰一下向來威嚴的頭人。白衣女憤怒的眼光死死盯着頭人的褂子，想起織絲時織進去的對他的萬般痛恨。頭人有一顆齷齪的心。她喃喃自語：「善有善報，惡有惡報」。此時頭人的絲綢褂子突然縮小，又縮小，將他的上身緊緊勒住，把他包裹得像一塊堅硬的石頭，一對黑色的尖筍從他頭上冒出來，頭人成了一個怪物。他痛苦地號叫着在地上打滾。

「我在人間的期限已到，該走了。」白衣女淡淡地對村人說。

「可是，我們不會吐絲。」

「沒有絲，織不成衣衫啊。」

「我們捨不得你走。」

樵夫和阿巧兒擔憂極了。白衣女搭着阿巧兒的肩露出笑顏：「不必擔心，好好照看我留下的東西，你們會讓所有好人穿上最美麗的衣衫。」說完，她變成了一隻白色的蛾，撲棱着翅膀產下很多黑色的卵，這些卵是她留給人間無聲的言語和美好的祝願。蛾飛出柴草間向天上飛去，眾人又看見蛾變成一個白衣女人裊娜蹁躚的身影。

原來她是天上下來的蠶神！

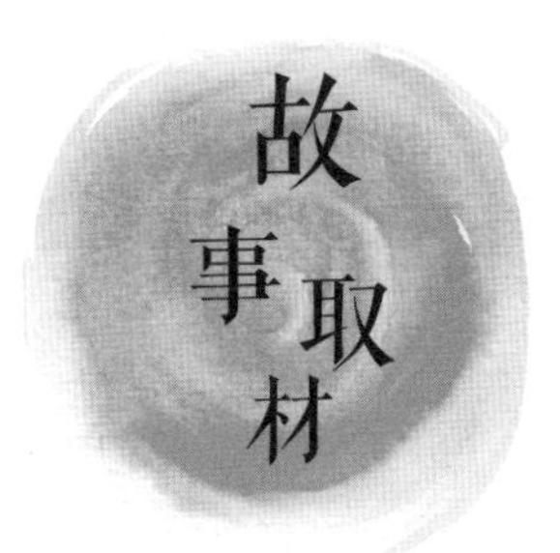

故事取材

《海外北經》

原文：**歐絲之野**在大踵東，**一女子**跪，據樹歐絲。

三桑無枝，在歐絲東，其木長百仞，無枝。

譯文：歐絲野在跂踵國的東面，有一個女子跪着，靠在桑樹邊吐絲。

三棵桑樹沒有樹枝，在歐絲野的東面，這種樹雖高達百仞，卻不生長樹枝。

歐絲野（清·成或因圖本）

北海之外的歐絲野上，有個女子跪在桑樹前吐絲。相傳這位女子就是蠶神，她吐出的絲能織成美麗的絲綢。黃帝對她大加讚賞，並讓她教導人們紡絲。《山海經》中蠶女吐絲的故事也是《搜神記》中馬頭娘傳說的雛形。

歌舞之神

宋雪蕾 文

大樂之野，
夏后啟於此儛《九代》，
乘兩龍，雲蓋三層，
左手操翳，右手操環，
佩玉璜，在大運山北。

【海外西經】

這天籟之聲飄然而落。在一座高入雲端的山頂上，有人在彈琴，彈奏的是天樂《九招》。此處是天穆野，又稱作大樂野。彈琴的人是禹王之子啟。啟開創夏朝，又稱夏后[1]，故人們也叫他夏后啟。夏后啟曾三次造訪父王天宮，得到天帝樂曲《九辯》和《九歌》，並痴迷沉醉於其中。此刻，他正演奏自創的天樂，樂聲從高山上飄到山下。山下有一個村莊。這時，有許多村民聚集在一起，望着這座高不可攀的山，傾聽着這從未聽到過的奇妙的聲音。

「嘿嘿，好聽！好聽！」村上的頭領讚美道。村民們仰望着天空欣賞着這夢幻般的樂聲，露出羨慕的眼神，喃喃自語：「我們能像他一樣嗎……」

神仙，神仙，下來，下來。熱情的人揮舞着頭巾歡呼，或將一捆捆草垛拋向半空。

不一會兒，從山頂飛起兩條渾身閃爍着金光的巨龍，龍嘴邊飄飛着纖細的龍鬚。雙龍駕車向地面飛駛而來，車上飾有精緻的花紋。飛龍車落地後，從車上走下一位長袍飄拂，眉目清秀，一身仙氣的少年，耳掛兩條小青蛇，他就是夏后

① 在上古時期，「夏后」便是「夏王」的意思。

啟。村民們從未見識過如此仙人，驚喜地注視着他。

夏后啟微笑着說：「天帝幾次邀請我去天上觀看樂舞，但我想到的是大地上的人。」

「大地上的粗俗凡人，和天宮中的天帝神仙比不得，比不得。」頭領自卑地連連搖頭。

「是。」「是。」旁人附和着。

「如果，如果……」頭領欲言又止。

「如果什麼？說來聽聽。」夏后啟笑問。

「如果你能教我們像你一樣，會唱，會跳，只要會一點……」頭領鼓起勇氣替村民們說出了願望。

夏后啟一個輕靈的轉身，說：「跟着我，讓心和自然相通吧！」男女老少簇擁在夏后啟的身後，學他提起肩膀，伸展雙臂，打開自己的胸膛，趕走凝固的壓抑，雙腳跳起來，扭腰擺臀，用身體喚醒沉澱在心中的快樂。眾人拉着手，滿山地跳躍着，跟着夏后啟唱起了《九歌》，這就是後來流傳民間的祀神之歌。優美而粗獷的歌聲響徹山野。

夏后啟將長袖甩到山間芍藥枝上，頓時大朵大朵粉紅的芍藥花盛開了，他又用長袖管捲起花朵，朝着女人們一抖開，花朵紛紛落下插上她們的鬢髮，人和花伴着歌聲將山林裝扮得熱鬧歡愉。歌舞似有一股魔力，鑽進村民的心田，眾人如痴如醉沉浸在韻律帶來的美感中。

「唱吧舞吧，這樣能喚醒我們的靈性。」夏后啟對眾人說。

「你是給了我們快樂的歌舞之神。」頭領感激地稱頌着夏后啟。

然而，令村民們意想不到的是，歌舞居然會帶來禍患。禍害他們的又是誰？

黃昏，夜色降臨，勞累了一天的村民，圍聚在山村前的曠野上踩着節奏，用舞姿傾吐煩悶，訴說喜悅。沒有什麼比歌舞消遣更令人歡愉的了。可是，村民們漸漸發現，歡聚後總有親人無緣無故消失，山村似乎被不祥之氣籠罩着，大家心下疑惑，卻想不出是何緣故。

歌舞對另一個世界來說，並非是好事。

這個世界就是土層下的妖界。妖王用低沉粗啞的聲音對群妖低吼：「誰攪了我們的好夢？別怪我們不客氣！」他想起來前些時候，妖生存的地界一片混亂……

「受不了。」一大群妖頭痛欲裂，好像有一根根針刺進他們的腦袋，針遊動着亂扎，妖們張開黑洞似的大嘴，滾動着痛苦呻吟。

妖界中昏沉千年的群妖，被大地上熱鬧的歌舞一次次驚擾，煩躁不安。地妖喜歡黑暗沉悶而且陰鬱死寂的環境，如此，積蓄的妖力才強大。妖最討厭人類快樂的情緒，舞蹈的節奏把妖魂震得七顛八倒。

「暈！頭痛！」妖王搖擺着烏漆墨黑、遍佈着疙瘩的圓鼓鼓的身體叫喊着。尖腦袋上一隻蒼蠅似的眼睛閃着幽光，忽明忽暗。

「何事來騷擾？」妖王派一隻精瘦的小妖去打探情況。精瘦妖變成一絲黑氣，從土層下鑽到地面上，剛露出半個黑腦袋和熒綠的蠅眼就嚇懵了：什麼東西！跳來跳去！他恐慌地縮了回去。群妖感到自己的生存環境被侵害了，有了報復的衝動。

「誰不安分，就得被消滅。地規不可破！」妖王抖動滿身疙瘩恨恨地說。

「所有地方都該是黑暗昏沉陰鬱的地界。整個世界永遠屬於妖。」群妖跟着狂嚎起來，並且饞意大發，他們好久沒吃到人了。

妖王並不知道幾隻千年老妖已瞞着自己，時而溜到地面來偷吃人解饞。

此時，群妖覺得針扎的刺痛感又襲來了。曠野上，村民們學着鸞和鳳，用樹葉綁在身後當尾羽擺動着，用力踏步跳躍，歌舞雜亂無序，卻爆發出野性之美和強勁的生命活力。聲音滲進妖界，群妖千般難熬，他們等待着時機。

這是一個不同尋常的時刻。春日的一個夜晚，村民們在月色中舉行祀神的儀式。曠野中石頭壘成的高塔上放置着一個大牛頭，幾百村民手持陳年麥稈，圍成幾個圈呼叫着聚攏又散開，邊唱邊舞，祈願來日穀物飽滿喜獲豐收。歡慶的節奏和笑語驚動了妖界。群妖恨得眼露熒綠凶光，努努黑嘴，妖王發出陰森恐怖的怪笑：「美物，我等不及了。」群妖晃悠着輕飄飄的妖影做着出戰的準備。

「怕，怕，我會被吃……」妖仔出生不久沒見過世面，躲在老妖身後怯生生地說。

「胡說！只有妖吃人。咱們不顯露一下法力，世界不得消停。」老妖煩躁不安，爆瞪着綠蠅眼珠說，「我們不必費力，就可收拾不安分的人類！」

「妖，世界之主。妖醒來，一切該消失！」妖王對群妖助威道，「今晚，開殺，揚我妖界威風。鑽！」妖王率領群妖，搖搖身子變成一縷縷黑氣從妖界往上冒，穿透厚厚的山巖與泥土層，黑乎乎一群，晃晃悠悠鑽出地面。

妖氣陰森地迷蒙了月色，妖隨意變幻着黑色幻影，躺在地上移動，站立起來飄遊。眾村民跳舞太投入，不知妖氣已悄然纏住人的脖子，冰冷的妖氣凍住了人們的喉嚨，使他們叫不出聲來。妖氣移到人的頭頂，妖頭上露着的蠅眼，埋進人的頭髮中，妖張開大黑嘴，貼住人的頭皮，狠命一吸，人便凝結成條形，像黃鱔一般被吸進妖口。妖仔妖氣弱，貼住一個小孩兒的頭頂，吸一吸，停一停，扭動的小孩兒頓時縮小得像泥鰍一般被妖仔吸進肚子。妖王老奸巨猾，悄然無聲竄來竄去，纏人吸人把人吃掉，沒一點含糊。

「嘁——」妖碰妖，嘀咕一聲，村民們歡鬧聲蓋住了妖語，妖迅速吃人。

圈中跳舞的頭領環顧四周，感覺有點異樣，不解地自語：「人怎麼又少了？」

「起夜風了麼？有點冷。」

「冷得我手腳冰涼。」

跳舞的人覺得周圍變得潮濕陰冷，隱約還有聲音飄來。

突然，一個女人尖聲驚叫：「看吶！」只見不遠處地上一坨坨妖吐出的人髮在痛苦地扭動，似一簇簇黑草在向地磕頭，還發出淒慘的哀嚎，聽着毛骨悚然。夜色中，妖身半隱半現，綠點忽而在地面移動，忽而在半空飄遊。

「有妖！妖吃人了！」村民們驚恐大喊，失魂落魄連滾帶爬逃回家中，然後緊閉木頭柵門。

妖王吃了人回到妖界，抵抗能力大增，不再害怕人的歌聲和震動的舞步。

「跳舞跳舞，跳得無影無蹤才好，世界屬於妖。」妖王和群妖得意洋洋，瘋狂扭動着，將地面拱成很多高低不平的土疙瘩。

「世上除了妖不該有一點他物存在！」大妖吃了人，體型膨脹許多，陰冷的妖氣更強烈了。

「吃了一切！消滅一切！讓妖永存！」地下的群妖吃了人無所畏懼，征服世界的狂野念頭如山洪暴發。待宣泄完，群妖便安然入睡，滋養妖氣。

山，寂靜沉默。人，悲涼畏懼。終於誰也不敢跳舞了。人們臉上失去了笑容，籠罩着驚懼悲苦。他們不知道怎麼會發生這一切，只是更嚴密地防守着自己免受傷害。頭領整日唉聲歎氣，想起夏后啟。

天宮中的夏后啟近來總是心煩意亂，兩條小青蛇離開耳朵在他身體上胡亂游動。掛上耳，蛇又離開。「怎會如此不安分！」他渾身發冷，莫非人間村民遭遇不測？他莫名地憂慮起來，駕着雙龍車出了天宮。車離地面越來越近，車輪卻難以前行，似被荊棘纏繞。殘留半空的重重妖氣興風作浪，將他的龍車顛簸得搖搖欲墜。

「雨神，助我神力吧！」他一聲呼求，空中一道閃電，雨將妖氣壓回地下。

村落中陰森寂靜，各家木門緊閉，門口掛着風乾的竊脂[②]屍體，用來辟邪。無人願意出來見他。

夏后啟高聲問：「難道跳舞傷害了你們？」

「跳舞？不跳，我們還能活條命。」頭領從半開的門中鑽出腦袋驚恐地叫嚷。身後擠出的村民臉色凝重悲涼：「就是學了你的歌舞，才引得妖怪出來吃人了。」

「怎會這樣！」夏后啟疑惑又無奈，從衣襟裏掏出一小瓶仙酒，仰頭痛飲，飲罷躍上山頭，藉醉起舞，舞姿狂野奔放，酒香瀰散方圓千里，百花聞酒盛開，開得漫山遍野。

「仙人帶來了美物。」

唔——村民聞到酒香，打開笨重的木門，身體晃動，飄然陶醉起來。

酒香滲透到了妖界。「好啊，美食不請自來！」妖王嗅到了能重返大地的喜悅，忍不住亢奮得嗷嗷嚎叫。群妖跟着張狂瘋癲起來，亂竄亂拱。

「我要吃更多的人。」

---

② 竊脂：一種傳說中的鳥，樣子像鴞，長着紅色的身子和白色的腦袋。據說這種鳥愛盜竊脂膏。

「吃光人。吃山。吃樹。吃月亮。吃光世界上的一切。」群妖叫嚷嚷。

入夜，野心勃勃的群妖悄然冒出地面，他們吃了人後比以前膨脹了很多，妖影連成龐然大物。夏后啟並非凡人，他舞動着的身體周圍泛出紅色光圈，妖靠近不了他。

「什麼東西？」妖王陰森低沉地發問。

「歌舞之神。」夏后啟高亢地回答，即刻化作一個鮮紅透亮的太陽人，四肢靈活舞動騰躍，渾身發燙，跳向群妖中，又將一雙長袖遠遠地拋過去，化作熱辣辣的火舌將熒綠的蠅眼逼得步步後退聚成一團。

村民從自家木門縫隙處向外偷偷張望。

「歌舞之神回來了。歌舞之神回來了。」人們竊竊私語。夏后啟跳了一天一夜平無事安。

有人開了半邊門：「我們能出去嗎？」大家想出來跳舞又有些顧忌。

「他是神，我們是凡人，怎麼鬥得過妖？」頭領擔憂。

「誰要奪走人間的歡樂，就該用智慧和誰鬥爭。」恢復原身後的夏后啟猜透了眾人的心思，來到村子裏打消村民的憂慮：「妖不可怕！妖怕紅怕熱。燃燒起篝火代替太陽。小妖怕老妖！大家臉上塗滿泥漿，頭上綁起樹杈，就能鎮住妖。」

「不打敗妖，我們永遠出不來了！」頭領如夢初醒，招呼眾人按夏后啟所說的裝扮起來，手拿竹筒石塊，敲敲打打，忽而躲在樹後，忽而跳出來在地上打個滾又跳躍起來，假妖和真妖戰在一起。

「吃人！吃人！妖的世界最強大，人是爛泥巴！」妖王張着大嘴吐出一團團陰氣，「小妖吃人變老妖，老妖煉成妖精永遠死不了！」他嘶啞的妖聲吼着，鼓動群妖衝向前奮戰。夏后啟跳過來，朝妖王一甩長袖，妖王見他褪去紅色，料想威力不再強大，便聚集起陰森的妖氣直逼過來。妖氣似霧非霧地漫開，欲纏上夏后啟，而他一邊揮舞長袖將妖氣打散，一邊唱着歌。打散的妖氣又漫過來，夏后啟朝空曠的山那邊一甩長龍似的袖子，引來一群橙色蜻蜓，蜻蜓將妖氣吸進後，翅膀的橙色變得越發美麗。妖王的妖氣在減弱，他左右躲閃怕被夏后啟的袖子捲進去不得脫身，而夏后啟的長袖袖頭盯着他狂繞，將他捲進狂旋的袖籠中，擰成麻花。妖王發不出妖力，待袖籠一鬆，他變成了紛揚的黑葉片，被火把一烤啪啪作響。高舉火把狂舞着的假妖衝向妖群，大妖小妖被火光和人群扮的假妖衝擊得不敢靠近，他們再也附不上人身，又怎能吃人？群妖找不見妖王的影子，自身的妖氣也已消耗渙散，被熱量的殘黨重新躲入地下。

村民緩過神來，東方已漫出晨曦，夏后啟駕雙龍車已消失在雲靄中。眾人舉着火把朝天仰望，頭領悔恨又感激地領着眾人高喊：「歌舞之神，恩澤凡塵。」頃刻，半空中盛開出一朵碩大瑰麗的牡丹花，花飄搖着，花瓣紛紛揚揚散下，歌舞之神隱身於大地與人類心中……

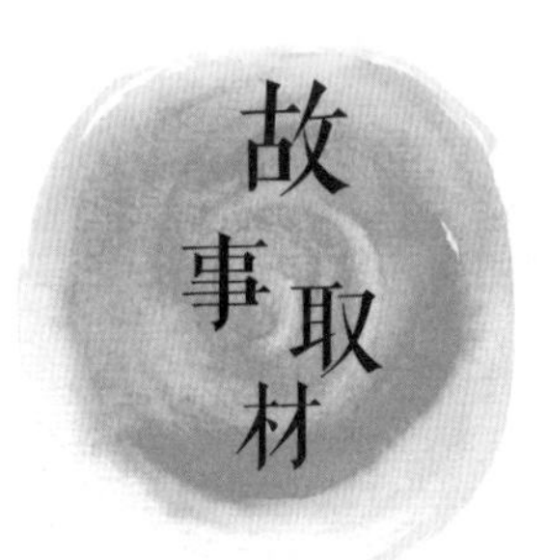

《海外西經》

原文：大樂之野，**夏后啟**於此儛《九代》，乘兩龍，雲蓋三層，左手操翳，右手操環，佩玉璜，在大運山北。一曰：大遺之野。

譯文：夏后啟在大樂野表演《九代》歌舞，他乘着兩條龍，飛騰在三重雲霧上，左手揮舞着羽毛做的華蓋，右手揮舞着玉環，佩戴玉璜，大樂野在大運山的北面。大樂野又被稱為大遺野。

《大荒西經》

原文：西南海之外，赤水之南，流沙之西，有人珥兩青蛇，乘兩龍，名曰**夏后開**。開上三嬪於天，得《九辯》與《九歌》以下。此天穆之野，高二千仞。開焉得始歌《九招》。

譯文：在西南海以外，赤水的南岸，流沙的西面，有位神人耳朵上戴着兩條青蛇，駕着兩條龍（明代圖本中繪為駕着兩條龍拉的車），他的名字叫夏后開。夏后開曾經三次到訪天宮，得到了《九辯》和《九歌》的樂舞並將之傳入下界。這裏是天穆野，高達二千仞，夏后開在這裏開始歌詠《九招》。

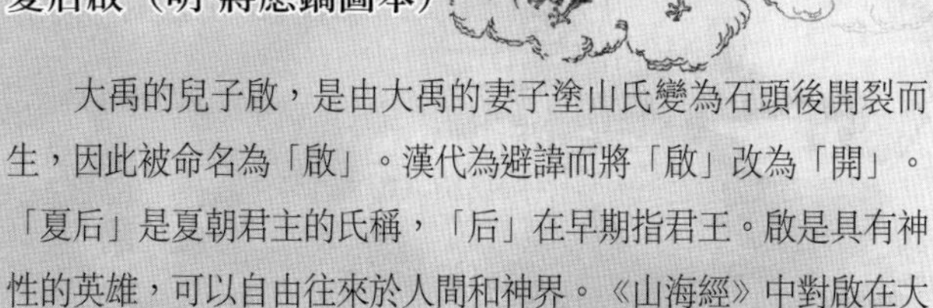

夏后啟（明·蔣應鎬圖本）

大禹的兒子啟，是由大禹的妻子塗山氏變為石頭後開裂而生，因此被命名為「啟」。漢代為避諱而將「啟」改為「開」。「夏后」是夏朝君主的氏稱，「后」在早期指君王。啟是具有神性的英雄，可以自由往來於人間和神界。《山海經》中對啟在大樂之野歌舞的描寫，是關於中國古代舞蹈濫觴的重要形象資料。

《南山經·南次一經》

原文：（杻陽之山）有獸焉，其狀如馬而白首，其文如虎而赤尾，其音如謠，其名曰**鹿蜀**，佩之宜子孫。

譯文：杻陽山上有一種獸，牠的外形像馬，腦袋是白色的，身上的斑紋像虎紋一樣，長着紅色的尾巴，發出的叫聲像人在歌唱，牠的名字叫鹿蜀，隨身攜帶鹿蜀的皮毛，可以使子孫昌盛。

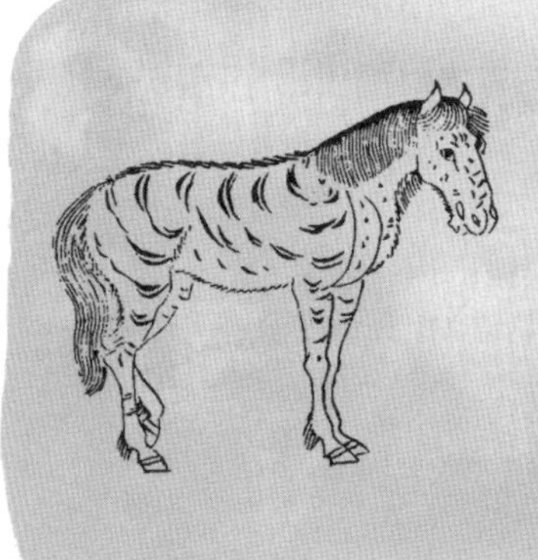

鹿蜀（明·胡文煥圖本）

鹿蜀是一種神獸，牠的樣子像馬，長着白色的腦袋、紅色的尾巴，身上有虎紋，叫聲像人在唱歌。如果把牠的皮毛帶在身上，或用來做褥子，可以使子孫昌盛。

《海外西經》

原文：此諸夭（沃）之野，**鸞鳥**自歌，**鳳鳥**自舞；鳳皇卵，民食之；甘露，民飲之，所欲自從也。

譯文：在諸沃野，鸞鳥和鳳鳥自由自在地唱歌舞蹈；那裏的居民吃鳳凰蛋，喝甘露，凡事隨心所欲。

《大荒西經》

原文：有弇州之山，五采之鳥仰天，名曰**鳴鳥**。爰有百樂歌儛之風。

譯文：有座弇州山，山上有一種長着五彩羽毛的鳥正張口向天鳴叫，牠的名字叫鳴鳥。這裏因此有各種各樣的歌舞樂曲。

鳴鳥（清·汪紱圖本）

鳴鳥是鳳凰的一種，全身長着五彩羽毛，常常張口向天鳴叫。牠所到之處，會響起歌舞樂曲，一派祥和。

月母

朵芸 文

有女子方浴月。
帝俊妻常羲，
生月十有二，
此始浴之。

【大荒西經】

一天，常羲半夜裏醒來，發現天宮外有朦朦朧朧的亮光，花草像披了一層銀霜。

現在正值春暖花開之際，怎麼會結霜呢？她走出門外想要看個究竟，剛踏出門檻，只見亮光瞬間消失，天漆黑一片，常羲忽然感覺肚子裏一陣異樣，回家發現自己懷孕了。

常羲的孕期比所有仙女都要漫長，她挺着大肚皮盼啊，熬啊，直到又一個春暖花開的夜裏，才生出十二個透明的微微發亮的小玉球。這十二個球是什麼呢？乍看上去，每一個球都沒啥區別，再慢慢細看，常羲發現每一個球球心的顏色都有些差異：第一個鮮紅，第二個淡紅，第三個桃紅，第四個粉紅，第五個紫紅，第六個碧綠，第七個雪白，第八個嫩黃，第九個深橙，第十個淡青，第十一個淺藍，第十二個鵝黃。好精巧漂亮的小玉球！常羲越看越喜愛，這分明就是十二個漂亮的、帶着淡淡香味的孩子啊！

她想給每一個小玉球分別起個名字，起什麼好呢？懷孕時她從未想到會突然冒出十二個孩子，要想給每個孩子都取一個滿意的名字實在太難了。

日子一天天過去，名字依然一個也沒想好。

天氣漸漸炎熱，一天傍晚，常羲帶十二個小玉球到海邊沐浴。她把小球們拿出來，個個洗得一塵不染，放在岸邊晾曬。海風吹過海面，掀起一陣陣波浪，波浪沖到岸邊，沖散了十二個小玉球，它們一個個隨着海浪在海面漂浮。常羲見了，慌忙追着小球游去。小球們隨着波濤漂散開去，常羲手忙腳亂，抓住這個，顧不了那個，她的兩隻手根本不夠用。她顧不得那麼多，想用衣裳把所有的球一起裹起來。但圓溜光滑的小球們朝不同的方向漂浮，越漂越遠，越漂越大，長成比西瓜還大的大球，發出朦朧的銀光。令人驚奇的是，在每一個發光的球裏面，都有一位漂亮的小姑娘，銀光映照出她們精緻的面容、豔麗的衣裳，有的趴在裏面像剛睡醒的樣子、有的在球裏面玩倒立、有的在翻跟斗、有的在蹦跳嬉鬧、有的在球裏跳舞、有的沿着球壁在不停地爬……

常羲看得眼花繚亂，她游過來游過去，嘴裏「啊啊」大叫，一會兒撲向這個球抱抱，一會兒撲向那個球親親。

十二個球紛紛朝她簇擁過來，裏面的小姑娘個個從球裏探出腦袋「母親、母親」喊個不停。常羲答應着，嘴裏不停地喊「女兒、女兒」，她又哭又笑，眼淚從臉上淌下，滴入海裏。海水漲潮了，姑娘們從球裏探出來，然後又回到球裏，進出自如，而球體不見絲毫裂縫。她們探出球時，球一直緊跟在身後，像隨時等主人進去。姑娘們喊着對方的名字相互嬉鬧。常羲從她們相互之間的稱呼中得知：老大叫紅月、老二叫杏月、老三叫桃月、老四叫丹月、老五叫火月、

老六叫碧月、老七叫白月、老八叫桂月、老九叫金月、老十叫木月、第十一個叫水月、第十二個叫梅月。常羲聽得暈乎乎，分不清誰是誰，老三在母親臉上親一口說「我是桃月，桃月」，看到她粉撲撲的臉蛋，常羲忍不住把她抱在懷裏。老五穿着紫紅的裙子竄過來，一把推開桃月，摟着母親咬了一下她的耳垂，常羲疼得叫出聲來。火月紅彤彤的臉瞬間露出燦爛的笑說：「火月會咬人。」常羲很快記住了這兩位女兒的特徵和名字。時候不早了，她喊道：「月兒們，快跟母親回宮！」

「不要，不要！」

「天要黑啦，回家啦。」常羲催促着月兒們上岸，她逐個點數，女兒們在球裏滾來蹦去，繞了幾個圈，常羲才點清是十二個，一個不少，回家。

一路上，她的女兒們在球裏又蹦又跳，又吵又鬧，時而在雲上滾動，時而在上空飄浮。常羲吹出一口仙氣把她們圈住，女兒們一個也跳不出圈外，她便放心地在前面領路。

走了一陣，突然雷電交加，似乎要下雨，最小的梅月探出腦袋想拉母親進入球裏，常羲撫摸着透明的球壁就是進不去。老八桂月喊「怕、怕」。老五火月說：「有什麼怕的！」

一陣更猛烈的雷聲響起，只見閃電後露出一張臉。常羲抬頭說：「雷神，請不要嚇着我的孩子。」

「你有這麼多女兒，不如送一個給我，我以後就不會再發脾氣了。」雷公說，「姑娘們個個漂亮可愛，隨便送哪一個我都喜歡。」

「想得美，哪一個都不送。」常羲道。

雷公一聽，氣得齜牙咧嘴地說：「轟——轟——不送就搶！」說完吐出閃電舌頭，那舌頭像一條發亮的大蛇，從空中快速遊到地上捲起一座小山拋向空中。月兒們見了，個個快速躲開，可閃電舌頭還是靈活地逮住了老六碧月，把她圈了起來，碧月嚇得大哭。火月大叫：「快放下，放下她！」

「轟——帶走了——轟！」雷公說完抓着碧月離去。

火月飛快地追上去，嘴裏噴出一點一點的亮光，像漫天流瀉的星星，灑滿了半個天空，星光迅速組成一張大網，把雷公網在當中。火月吸了一大口氣，網慢慢收攏，雷公在網裏翻個跟斗站起來，吼叫一聲，搖頭晃腦，散開的頭髮一根根閃閃發光。只聽一陣滋滋的聲音過後，網被燒破，星光灑落在天空的每個角落。雷公飆起來飛馳而去。火月縱身一躍，變成一朵雲那麼大的石榴花，飛到雷公前面，用一個花瓣捲起碧月返回來。雷公吼叫一聲消失在天際。

火月放下碧月恢復原形，常羲吐出十二圈仙氣，把十二個女兒團團圍住。經過一陣折騰，常羲好不容易把一群哇啦哇啦尖叫的女兒帶回了天宮。她在天宮騰出十二個相連的房間，在每個房間的門楣上寫上月兒們的名字，讓月兒們一人睡一間房。女兒們鬧着要母親陪，十二個女兒，一個母親，怎麼陪？常羲打算按照月兒們的出生順序，陪她們每人一個小時。老大紅月從球裏躍到牀上，鑽到母親懷裏就睡，

其他的女兒們都不肯進自己的房間，擠在一起嘰嘰喳喳好久才睡着。摟着紅月的常羲眼皮直打架，但看到趴了一地的月兒們，她強打起精神，把女兒一個個輕輕抱起送入各自的房間。抱完最後一個，她已累得全身酸痛，倒在梅月身旁呼呼大睡。

第二天，太陽照進房間時常羲才醒，她看看身旁的梅月，咦，不見了！她揭開被子，發現梅月又變成了一個小玉球，她把玉球拿起來放進懷裏，跑到其他房間，每一個房間的女兒都變成了小玉球。直到傍晚，常羲帶着小球到海邊沐浴，月兒們又變成了女兒身，在球裏蹦進跳出。原來她這些調皮的月兒們，一遇見太陽光，就會變成小球，沐浴後，又變成帶球的漂亮小姑娘。於是，常羲每天不畏辛勞，帶着月兒們到海邊沐浴。回來的路上，雷公經常攔路大發雷霆想索要她的一個女兒，每次都被火月給趕跑了。

一天傍晚，她們在海邊玩耍到很晚，浩蕩的母女隊伍才藉着月兒們球體的銀光開始往家走。突然，一陣電閃雷鳴，隨即下起大雨。常羲命令女兒們鑽進各自的球裏，自己半蹲在兩個球之間往前走。梅月一蹦蹦到母親的頭頂，常羲舉起雙手握着球遮雨。但是，風雨交加，雨點斜潑到常羲的身上，月兒們把母親圍在中間，替她擋雨。這次回家的路程感覺比前幾次都長，雷、雨、風的聲音蓋過一切，母女們彼此聽不見說話聲。常羲心想，該死的雷公又在搗鬼。她只希望快點平安到家，然後再想辦法制服雷公，好讓她們每天能順利快樂地回家。

風雨兼程回到天宮，常羲發現好像少了幾個月兒，點了點人頭，竟然少去一半，有六個女兒包括火月都已不見。被雷公搶了嗎？常羲心急如焚，讓已回家的女兒們快點入睡，又關照看護天宮的主管元帥鳳，不許任何人進出，然後連夜跑去找雷公討還女兒。

哪知雷公根本不認賬，他氣憤地說：「叫你送一個都不肯，現在一下子丟了六個，活該！」

常羲懶得跟他理論，變成一縷仙氣，飄進雷公家中，裏裏外外尋了個遍，並沒有發現女兒們的蹤跡。難道藏到雨神家了？還是風神家？這幾位神一般同進同出，結伴而行。常羲離開雷公家，不遠千里暗暗查找了風神家，又行千里查找了雨神的家，都沒找到心愛的月兒們。等她身心疲憊，極度傷心地回到天宮，已是第三天。不幸的是，家裏的六名女兒也不見了蹤影，一個玉球也找不到了！常羲責問鳳，鳳和守門元帥及神人一一跪下稟告說：「您出去的這段時間，沒有任何人進出！」

「笨神，明明知道她們白天是球！」常羲哭道。

十二個女兒都弄丟了，常羲越想越悲傷，眼淚嘩啦啦流下來，穿過雲層，化作雨灑向人間。淚眼朦朧中她四下望去，琉璃造就寶玉妝成的天宮裏，鳳帶領兩邊數十名鎮天元帥，持銑擁旄，還有數十名金甲神人，一個個執戟懸鞭，持刀仗劍。唉，要這些人有什麼用？連六個小玉球都看不住。

常羲越想越生氣，隨手搶過一名金甲神人手裏的寶劍，對着他們一陣揮舞：「滾，給我滾開！」鳳和金甲神人個個跪地求饒，常羲把寶劍往雲裏一扔，大聲道：「不找回十二個女兒，我絕不甘休。」說罷，痛哭着騰雲而去。

常羲一口氣跳到凡間的湖邊，低頭看到湖裏那個披頭散髮淚流滿面的自己，把平時愛漂亮的她嚇了一跳。

「哭什麼？去找姐姐吧。」她自言自語，捧起湖水抹了把臉，再捋了下亂髮，朝東方海邊趕去。

常羲在東方海邊的湯谷找到姐姐羲和，她把丟了十二個女兒的事一五一十告訴了姐姐。姐姐拿出一面神鏡，交代妹妹在有太陽的時候，用鏡子對着太陽折射的光，就可以搜尋到所有盜賊、妖怪和自己要找的東西。常羲一把搶過這面小小的銅鏡，向羲和道了聲謝，還沒坐下歇歇就匆匆離去了。

她迫不及待趕到雷公家附近，掏出鏡子用太陽折射的亮光一照，只見雷公坐在門檻上敲自己的肚皮玩，其他啥也沒看見。常羲不死心，照了幾遍，依然未果。她又跑到風神和雨神家照了幾遍，還是什麼也沒照到。這鏡子，難道沒魔法？姐姐搞錯了嗎？她往凡間一照，從鏡子裏看到檮杌[①]在追人吃、看到魍魎[②]藏在水裏引誘路人落水、看到一個小鬼躲在屋角把小孩嚇得大哭大叫……她看到了許多人間的妖魔

① 檮杌（普：táo wù｜粵：淘兀）：古代傳說中的凶獸。
② 魍魎（普：wǎng liǎng｜粵：網兩）：本是顓頊帝的幼子，死後化為精怪。

鬼怪，就是沒看到她要找的月兒們。

她無精打采回到天宮，緊握着鏡子在屋子裏來回轉悠，焦慮得茶飯不思。院子裏陽光照得葉片和花瓣閃閃發亮，像在笑着邀請她出來坐坐。她昏昏沉沉走過去，心不在焉地把玩着鏡子，對着折射的太陽光在自己的天宮隨意照照。無意間，鏡子裏出現一隻老鼠，牠正用兩個前爪吃力地抱住一個玉球放進洞裏，然後銜來許多花瓣蓋住玉球。常羲看得心怦怦跳，她再用鏡子掃射天宮最遠的後山。這一照讓她有重大發現——一個玉球在一頭牛的耳朵裏閃閃爍爍、一個玉球在一頭睡着的老虎的肚皮下、一個玉球在兔子的草堆裏、一個被樑上的神龍含在口中、一個玉球在一條盤着的蛇當中。還有呢？還有六個玉球在哪裏？常羲轉動着鏡子，在天宮裏奔來跑去，並沒有發現另外六個玉球的下落。

常羲吩咐鳳把六個球分別取回來，自己抓着鏡子在天宮裏繼續尋找，但是依然不見另六個玉球的蹤影。

鳳把六個玉球取回來呈上，看到她們完好無損，常羲的眼淚流得稀哩嘩啦。不等晌午過去，她就帶六個玉球到海邊沐浴。為了彌補失誤，鳳緊隨其後，時刻守護着母女七人的安全。洗浴後的玉球，像之前一樣，變大再變大，裏面冒出漂亮的小姑娘。

天邊七彩的晚霞，見了月兒們，靜悄悄灰溜溜地全消散開。

常羲向月兒們問了一連串的問題，比如怎麼從牀上弄丟自己的；老鼠、牛、兔子、老虎、龍、蛇是何時來偷襲的；

你們有沒有聽見母親的喊聲……問得最多的是，另外六個月兒姊妹在哪裏。桃月把詳細經過告訴了母親——

常羲出去後，屋外電閃雷鳴，狂風吹得門窗吱呀吱呀響，房屋像要倒塌一樣，雨從窗縫漏進來，灑到牀上。雷公發出震耳欲聾的喊聲，月兒們早就嚇壞了，她們從各自的房間跑出來，擠在桃月屋裏緊緊擁抱在一起，後來也不知道什麼時候就睡着了。醒來時，她們變成了六個小玉球。一隻老鼠從半夜開始一直守在月兒們身旁。早晨，老鼠用六塊布分別包裹好六個玉球，一趟一趟銜着送給後山的牛、老虎、兔子、神龍和蛇去守護，留下一個玉球老鼠自己藏在洞裏。

常羲聽完，原本打算去滅了老鼠、牛和老虎牠們，現在她心裏對牠們充滿了感激。鳳聽了卻面露愧色，回去的路上，鳳一直緊緊跟隨在常羲母女身後，盡心守護着她們回到天宮。

夜裏，母女們聚在一起，商量尋找另外六個月兒的事，姊妹們都不肯讓母親撇下她們單獨出去找其他姊妹們，都要跟母親一起去，常羲怎麼也不答應。梅月躺在地上又哭又鬧不要母親離開，常羲一下不知道該怎麼辦才好。雷公又在外面大聲吼叫，月兒們嚇得擠到母親懷裏。常羲想，何不請後山的老鼠、牛、老虎牠們繼續看護月兒們。正想着，門外傳來一陣急促的馬蹄聲，一匹馬從西邊奔來。常羲走出去，馬靠近她，側起身子似乎要她上馬。月兒們跟出來也要跟着母親騎馬，常羲沒有上馬。她撫摸着馬鬃問：「你是要我帶月兒們騎馬玩？」馬搖搖頭。「你要帶我去找另外六個月兒們？」馬點點頭。常羲看看身邊的月兒們，放心不下。這時鳳走了過來，他感覺彌補過錯的好機會來了，於是對常羲說：「讓馬兒帶我去找月兒們吧。」說完，他騎上馬啟程朝西邊奔馳而去。

馬兒帶着鳳一直往西，行了三天三夜抵達三危山，牠指引鳳在一堆乾草裏尋到了六個小玉球。鳳非常興奮，他想這下可有功勞了。於是，鳳裹好六個玉球即刻往回趕。第二日，他們路過一戶農莊，農莊裏飄來的一股酒香讓乾渴的鳳口水直流，加之路途枯燥疲乏，他決定下馬休息一會兒。只見農家院子裏有一罈酒，好傢伙，何不舀一勺，為自己慶功？想到這兒，鳳隨即從旁拿起水勺痛快暢飲，這一飲，便醉倒在地。等他醒來，農莊不見了，酒罈不見了，懷裏裹着的玉球也不見了！只有馬兒還站在路邊，但馬兒已不是剛才的馬兒，牠一轉頭變成雷公飛走了。

鳳頓時嚇得額頭冒汗，這下怎麼回天宮交差？正着急時，只聽見遠處傳來馬蹄聲，剛才的馬兒不知道從什麼地方又回來了。鳳焦急地催促：「快帶我去找玉球。」馬兒帶着鳳跨過一座一座山川、一條一條河流，也不見停下，一直抵達天宮。鳳這下更着急了，想暗暗潛逃，然而聽見馬蹄聲的常羲卻早已出來迎接，鳳來不及溜走，又不好交差，不知道說什麼好。常羲看到鳳的表情，猜到沒有結果，失望地說：「我想不會有那麼好的事，馬兒為什麼要欺騙我們？」

「對，對，馬兒你為什麼要欺騙我們？」鳳趕緊附和。

馬兒仰頭長嘯幾聲，轉身離去，留下「噠噠噠」的馬蹄聲。

常羲把月兒們全喚到一個大房間，教她們跳舞、縫衣、做飯、給她們講故事、教她們騰雲駕霧、教她們怎麼識別妖魔、怎麼和鬼怪較量……

另外六個月兒呢？杏月、火月、桂月、金月、木月、水月，你們在哪兒？

常羲決定，揣着玉球去尋找丟失的六個月兒。她拿着神鏡騰雲下凡，卻在半途遇見上次的馬兒，牠擋住常羲的去路。常羲問：「馬兒，你能帶我去找月兒們？」馬兒點點頭，常羲說：「別撒謊搗亂了，耽誤時間。」說完就要走。

馬兒用身體擋住她，示意她上馬，常羲不聽，堅決要走，馬兒跟在她身後。當走到一座高山前時，馬兒對着天空長嘯一聲。常羲不屑地說：「瞎叫什麼呢你？」馬兒湊近常羲，再次示意她騎上去，常羲撇撇嘴說：「騎就騎，有什麼可怕的。」

馬兒領着常羲往西邊奔騰而去，行了半日，在一處古樹旁停下，常羲說：「馬兒啊，你帶我到此地來作甚？」說完拿出神鏡照照。半晌，在鏡子裏她尋到了六個東西，沒錯，好像是六個玉球，其中一個就在眼前這棵古樹下！馬兒對着西方長嘯一聲，沒過多久，從樹林裏出來一隻羚羊，牠的犄角上掛着一個包裹，常羲取下打開，裏面有一個玉球；這時，竄過來一隻猴子，牠的爪子上抓着一個玉球；一隻脖子上掛着布包的大公雞走來，牠帶來了一個玉球；牠的身後奔來一條狗，嘴裏銜着一個裹玉球的布兜；走在最後的小豬也帶來一個玉球。這變故太突然，一下子讓常羲不敢相信，她拿過六個玉球，與之前的六個裹在一起，又哭又笑地拍拍馬兒的背說：「原來你沒有騙人。」馬兒示意她騎上來，常羲撫摸着牠的鬃毛一躍而上，然後招呼着羚羊、猴子、大公雞、狗和小豬說：「夥伴們，一起走吧！」

常羲騎馬，後面跟着那些小夥伴，他們一起回到天宮。門口站崗的鳳見了馬，心虛得直冒汗。

原來，一直吵着想要一個月兒的雷公，知道搶不過帝俊的夫人，也就只能耍耍威風。實際上，那次常羲帶月兒們從海邊回家途中丟失的六個月兒確是被雨神和風神偷襲劫走的，雷公知道後，幾次化作馬兒的樣子，想去風神雨神家搗亂，但脾氣火爆的他，一吼就顯現出原形，只好作罷。好兄弟背着自己偷偷劫走月兒，雷公心裏極不舒坦，因此他大發雷霆，見誰都發脾氣。不過，被搶去的六個月兒即刻變成了小玉球，風神雨神在去西邊降雨時，不小心把她們丟失在和田裏，和田沾了玉球之仙氣，此後長出的玉石凝萬古之慧精、耐萬物之寂靜。風神不甘心，時常去翻山越嶺地尋找，而雨神因為在那兒丟了玉球，再也不願意到西邊降雨。六個充滿靈氣的玉球，哪個動物見了都非常喜愛尊敬，羚羊、猴子、大公雞、狗和小豬虔誠地守護着玉球，帶路尋找玉球的馬兒也成了神馬。

回家後，常羲不再一次帶十二個女兒去海邊沐浴，而是輪流每天帶一個。鳳每天陪同常羲一起到海邊沐浴，保護她們母女。因他時刻警惕妖魔不敢怠慢，頭經常扭來扭去，百日過去，他變成了一隻九頭鳥，月兒們稱其為九鳳。自此九鳳每天拉車送常羲母女到海邊沐浴，雷公再也沒有出來搗亂過。

那十二個守護月兒的動物，成了常羲和女兒們的忠誠朋友。失去月兒的時候常羲度日如年，分不清白天黑夜。現在女兒們都在身邊，她希望記住每一個美好的時辰，於是，她讓月兒們分別負責管理一個時辰。火月生性貪玩好動，帶着姊妹們整天到處亂跑，經常不守時，於是常羲想出一個辦法，讓守護過月兒們的動物分別替她們管理時辰，由誰負責的時辰就以那隻動物的名稱命名。她讓金甲神人在天柱上刻上時辰任務表，好時刻查看監管——

子時——23 時～次日 1 時 子屬鼠

丑時——1 時～3 時 丑屬牛

寅時——3 時～5 時 寅屬虎

卯時——5 時～7 時 卯屬兔

辰時——7 時～9 時 辰屬龍

巳時——9 時～11 時 巳屬蛇

午時——11 時～13 時 午屬馬

未時——13 時～15 時 未屬羊

申時——15 時～ 17 時 申屬猴

酉時——17 時～ 19 時 酉屬雞

戌時——19 時～ 21 時 戌屬狗

亥時——21 時～ 23 時 亥屬豬

幾年後，天宮的時間被眾神使用，慢慢流傳到了凡間。後來，常羲還讓十二個月兒每人各負責管理一年中的三十天，老大負責的三十天就叫紅月，老二負責的三十天就叫杏月，依此類推。許多年後，這一名稱被簡化，直接稱一月、二月、三月……十二個月一個輪回。月兒們各自負責的那三十天，都跟她們的外貌性格有關，且看——

老大叫紅月，紅月開紅梅；老二叫杏月，杏月開杏花；老三叫桃月，三月開桃花；老四叫丹月，四月開牡丹花；老五叫火月，五月開石榴花；老六叫碧月，六月開荷花；老七叫白月，七月開梔子花；老八叫桂月，八月開桂花；老九叫金月，九月開金菊；老十叫木月，十月開木芙蓉花；第十一個月叫水月，水月開水仙花；第十二個月叫梅月，十二月開臘梅。

幾千年過去，常羲設立的時間分管制至今還在沿用。

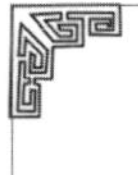

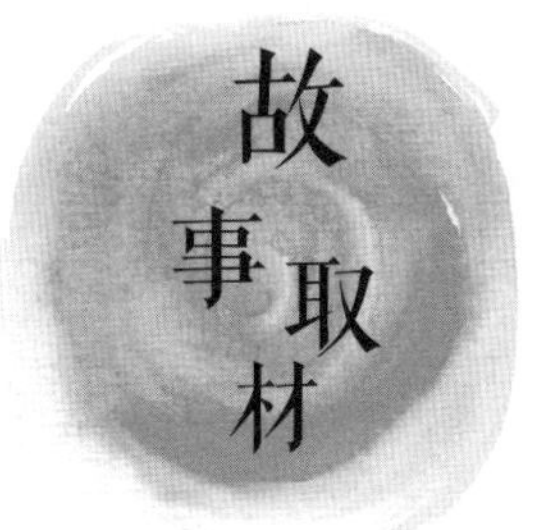

《大荒西經》

原文：有女子方浴月。帝俊妻常羲，生月十有二，此始浴之。

譯文：（在日月山）有個女子正在為月亮沐浴。帝俊的妻子常羲，生了十二個月亮，從此在這裏給月亮洗澡。

常羲（清·汪紱圖本）

常羲又名常儀、尚儀，是帝俊（又作帝嚳）的妻子。古音「羲」讀作「娥」，因而在民間傳說中，生下月亮的常羲逐漸演變為奔月的嫦娥，其身份也從帝俊之妻變為帝俊下屬后羿之妻。

《西山經·西次三經》

原文：（嬴母之山）又西北三百五十里，曰玉山，是**西王母**所居也。西王母其狀如人，豹尾虎齒而善嘯，蓬髮戴勝，是司天之厲及五殘。

譯文：嬴母山向西北三百五十里，是玉山，這裏是西王母居住的地方。西王母的外貌像人，但長着豹子的尾巴和老虎的牙齒，擅長發出猛獸一樣的嘯聲，她散亂着頭髮，戴着玉勝，是司掌災厲和刑殺的主神。

西王母（清·汪紱圖本）

在中國歷史傳說中，西王母的形象經歷了一系列變遷。《山海經》所記載的西王母，是其作為半人半獸的山神的原始形象。西王母的樣子像人，蓬髮上戴着玉勝，卻長着豹尾虎齒，擅長發出猛獸般的嘯聲。《大荒西經》中還提到西王母的「穴處」，有學者認為這說明西王母也是穴居蠻族的領袖。

美神

朵芸　文

又東二百里，
曰姑媱之山。帝女死焉，
其名曰女尸，化為䔄草，
其葉胥成，其華黃，
其實如菟丘，服之媚於人。

【中山經・中次七經】

炎帝的小女兒因病香消玉殞，葬在姑媱山，化成了一株䔄草。䔄草修煉一百年，成了仙，名曰瑤姬仙子。

瑤姬仙子依然美豔聰穎，卻比做姑娘時更豪氣奔放。天氣晴好時，她最喜歡到下界東看看，西兜兜。無論到哪裏，她的髮髻裏都插着隨身寶物——一株䔄草。䔄草長着三片心形葉子，通體金色，無論白天黑夜都吐露金光。䔄草有着無窮魔力，最具特色的一點是只要它沾着晨露，將晨露灑到哪裏，哪裏就成了人間仙境。

一天，瑤姬仙子趴在一朵紅雲上俯瞰下界，濕潤的霧氣從雲底下升騰上來，山裏的清香撲面而來，她的頭髮和䔄草上沾滿了晶瑩剔透的晨露。透過絲絲繚繞的雲霧，眼底下一座座露出雲層的山峰，像懸浮在半空的島嶼。瑤姬仙子爬起身，彎腰拎起拖地的裙擺綁在腰間，飄逸的仙子頓時變得輕盈俐落。她在山峰之間來回翻騰，然後落回到紅雲上。

瑤姬仙子乘着紅雲從山頂飄到山腳。巍峨的大山底部，是一片連綿起伏的黃土坡。她背着太陽向西邊走去。不遠處，一群孩子蹲在地上玩土，他們沾滿黃土渣的長髮披散開，遮住了整個背部，腰間圍着的樹葉裙枯黃破碎得幾乎要掉光。瑤姬仙子化成普通人大搖大擺地走過去。

「小男孩，你在幹什麼？」她走到一個孩子身後問。

「我是女孩，我叫土娃。」原來是一個女孩，她滿臉的泥塵，讓仙子禁不住大笑起來。

「你們在玩土？」瑤姬仙子問。

「不是玩土，是做衣裳。」

做衣裳？用泥土做衣裳？瑤姬仙子很納悶。土娃讓她的夥伴們站起來。原來，這些孩子的身體都裹着泥巴，有的是用一個泥筒套着腰身，長度從腋下到腰部，泥筒上面雕刻有動物的圖案；有的孩子的泥衣裳還用葉汁、花汁和野果汁染了顏色；有的是直接用樹葉拼成泥衣裳上的裝飾圖案；有的在全身不規則地塗抹泥塊，遠看過去，像長有黑斑點的動物；有的孩子的兩側耳垂上，用樹皮絲掛着染過色的小泥團；有的脖子上掛着小泥團串成的掛件，有的則掛着泥圈。土娃的泥飾很精緻，脖子上掛的是泥捏的小魚，魚鱗一片一片栩栩如生。

住在這片黃土坡上的山民以土為生。他們在土坡下挖出大坑安家，用泥土堆砌出土炕；他們把種子和果實儲藏在坑裏；他們全身隨意塗抹泥土用以遮身……除了不吃土以外，他們幾乎一切的生活都與土有關，黃土是他們的依靠，是他們的神，他們是黃土的子孫。

瑤姬仙子看見土娃把摻過水的黃土和一些備好的葉莖團在一起，揉成不粘手的泥團，又將泥團揉搓成一張薄的長方形泥片，她小心翼翼地拿起泥片裹在自己的腰上，將兩條邊

對接在前胸，又蹲下用手沾點水，把泥片粘連上，捏緊，再用細小的棍子在泥片上挖個小孔，往小孔處塞進一粒紅色小野果。她還用多餘的泥團捏出蛇、羊、小鳥的樣子，插上小木棍，讓夥伴們舉在手中把玩。

其他孩子都模仿土娃把泥片裹在身上，可是沒有一個能裹成功，要麼根本粘不牢，要麼粘一會兒就掉了。土娃一雙巧手像有魔力，但凡她伸出雙手幫忙粘貼，全部成功。孩子們都很興奮，但他們不敢有大動作，生怕泥片衣裳脫落。

瑤姬仙子前世今生的穿戴都是最上等的，但此時她卻為土娃的手藝深感讚歎。撫着那些粗濕的泥裳，她感覺它們跟綢羅錦緞一樣華貴；摸摸那些泥飾，她感覺它們與珠寶一樣光芒四射。

「阿姐——」一個更小的孩子從遠處跑來，她披散着亂髮，光溜溜的身上沒穿任何衣裳，小腳板踏在地上揚起陣陣黃塵，她哭着跑到土娃跟前說：「阿姐，衣裳破了。」土娃責備道：「昨天花一整天給你做的泥衣裳，你怎麼又不小心啊！」「睡一覺起來自己破的，嗚嗚……」土娃的妹妹拿着一塊碎泥片說。「阿姐說過多少遍，穿了漂亮的泥衣裳不能躺着睡，只能坐着睡啊！」

土娃說完，把剛裹在自己身上的泥衣裳小心取下，用樹枝裁去一部分，再小心裹到妹妹身上。

瑤姬仙子見了，內心有股暖流在湧動，她從髮髻裏抽出蓍草，葉片上沾滿的晨露消失了許多，但還留有一些。她舉起蓍草用手指往上空彈出露珠——

一陣香風吹過，地上的孩子們瞬間都穿戴上了漂亮的泥衣裳和泥首飾，他們沾滿灰塵的臉變得乾乾淨淨，披散的亂髮盤得整潔漂亮，草葉裙的葉子鮮嫩發亮，色彩繽紛。

仙子再把蓍草朝空中輕輕揮灑三下。

瞬間，一縷一縷的輕煙升騰而起，呼啦啦，頓時黃土飛揚，孩子們驚嚇得不敢睜開雙眼，全都抱緊腦袋蹲在地上。仙子變出一團大白雲罩住他們後開始施展仙力。「突突突」的響聲此起彼伏，黃土漫天飄舞，遮住了半邊天空，地上頓時進入了黑夜。人們不知道發生了什麼，有的驚恐得竄來竄去，有的趴在地上不敢動彈……不消片刻，之前的黃土坡被仙子改建成了一座黃土城堡。每個土坡裏面有一個大洞口為大門，兩邊各有一個小洞口為窗子。高一點的土坡分兩、三層。屋子裏面則被打出三個獨立的大洞，像三間居室。瑤姬仙子騰在半空不停地揮灑蓍草，城堡四周一片綠意盎然。仙子又揮灑了幾下蓍草，所有的城堡底部開始往前後左右移動起來，移成裏三層、外五層八個大小不等的圓圈，圈成圓形的城堡並沒有停止移動，而是一直不停地圍着中心順時針轉動，使得所有的屋子不管朝南朝北，都有曬到太陽的機會。最後，城堡移出一條長長的林蔭大道通往周邊，圓圈最裏面留有一片碩大的平地，那裏花兒競相開放，繁花似錦。

仙子飛起身，吹去罩住孩子們的雲團，塵土瞬間消失，天色變亮，孩子們在城堡中央的平地上四散奔開。黃土城堡

的大門像張開的大嘴，把孩子們從東邊吃進，再從南邊噴出。孩子們歡呼打鬧亂作一團，弄碎了漂亮的泥衣裳也不管不顧，只是一個勁地大叫：「我要住這裏！我要住這裏！」

唯有土娃站在一旁，微笑看着這一切。

第二天，黃土坡的村民全住進了這座會移動的黃土城堡，過起了祥和寧靜的生活。他們開始每天到河邊洗臉，懂得把長髮梳成髻，也不再往身體上隨意塗抹泥巴，而是改穿樹葉裙和獸皮衣裳。

七日後，瑤姬仙子重返人間遊玩察看。

天上七日地上七年，而黃土城堡竟早已變成一片荒蕪！

這是怎麼回事？

瑤姬仙子化成普通女子前去探個究竟。還沒走到一半，頭就被一個土包擊中，弄得滿臉土渣。正在懊惱之際，一陣響亮的笑聲傳來。

「誰這麼無禮？」瑤姬仙子問。

「妖怪，醜八怪！」隨着一陣責罵聲，身後走來已經長大的土娃，她和一群青年男女披散着亂髮，個個臉上掛着傷疤，光溜溜的身體也是傷痕累累。他們抓起黃土朝瑤姬仙子投擲，仙子不得不用仙力暗中阻止。

「土娃，你們搞什麼鬼？黃土城堡呢？」瑤姬仙子喊道。

「打她，醜八怪！」土娃怒目敵視瑤姬仙子，繼續指揮大家對她進行攻擊。

「我是醜八怪？那請你們告訴我，誰最漂亮？」瑤姬仙子盯着灰頭灰臉的土娃和那群滿臉傷痕的男女問。

「當然是我！我最漂亮！我臉上沒疤。」滿臉塵土的土娃大聲說。

「我，我才最漂亮！沒有疤的才最醜！」一名肩膀上有疤痕的渾身泥土的青年說。

「亂講，我最漂亮！」

「我，我最漂亮！」

誰都認為自己最漂亮，於是，他們之間開始互相推搡，最後展開搏鬥。土娃雖然身為女子，卻不費吹灰之力把朋友們一個個打翻在地。之後，她還用腳踢那些被打倒在地的朋友們。瑤姬仙子見狀，怒喝一聲，朝土娃踹出一腳，土娃縱身一躍也朝她踢來一腳。這一腳，讓瑤姬仙子覺得土娃非同一般，她暗中把土娃暫時定住，以免她再傷害同伴。誰料剛剛被打翻在地的人爬起來見土娃不能動彈，便趁機捧起黃土往土娃頭上澆。瑤姬仙子本已離開，聽見動靜，又轉過身把土娃的夥伴們暫時全定住。

她繼續朝前行。黃土坡的一個土洞裏傳來吵鬧聲，一個披頭散髮、光着身體的男人單手夾着一個嬰兒從洞裏往外跑，身後追來一名全身塗滿泥巴的女子，她嘴裏喊「放下，放下！」男子不予理睬，跑得飛快，幾步便把女子甩得老遠。

瑤姬仙子大聲喝問，女子答也不答，回頭朝着仙子一拳打過來，嘴裏喊着：「滾開！」仙子「哼」一聲，收回了正要揮拳的手。她是仙女，不與凡人計較，但她決定弄清到底

是什麼原因讓人變成了這樣。

她朝那對男女追去，路邊三三兩兩來往着一些披頭散髮、光着身子、邋裏邋遢的男女老少。他們個個臉上幾乎都有大小不一的傷疤。這些男女老少看到漂亮的瑤姬仙子，都驚恐地散到一邊說：「醜八怪，醜八怪！」

仙子用䔄草的魔力讓那男女放慢腳步。她追上去，把嬰兒抱過來還給女子。女子抱過嬰兒，大聲對男子說：「不許碰他！」仙子詢問後得知，嬰兒的父親見孩子白白嫩嫩，認為太醜，想用荊棘在孩子臉上劃出疤痕！

原來就在瑤姬仙子離開後的第五年，黃土坡這一帶發生了天翻地覆的變化。會移動的黃土城堡被一股颶風摧毀，村民的思想、審美也發生了顛覆性的改變。他們以掠搶別人家的糧食為榮，他們會為一個野果展開搏鬥，會為一頭野獸而展開廝殺。他們認為越髒越漂亮，越邋遢越美，越兇狠越值得尊敬，他們認為醜的是美的，美的是醜的，越醜越美，越美越醜。

瑤姬仙子一揮䔄草，頃刻間，一百名善良漂亮的女子紛紛從天而降，她們帶着仙子的指令，將要分赴人間各處傳遞真善美。

這一百名女子正欲前行，天空突然烏雲密佈，不知從何處冒出一隻龐大而醜陋的怪物，牠的身子很長，一節一節的，還有一百隻爪子，渾身佈滿了尖銳的棱角，腦袋上方是彎彎的尖牙，還會不停伸縮。那怪物瞪圓發着綠光的雙眼，從烏黑的嘴裏噴出一朵烏雲，霎時間臭氣熏天，一百名女子被熏得全部倒地消失。瑤姬仙子揮揮草，變出一團火焰朝怪物噴去，那怪物在熊熊大火中安然無恙，牠兇狠地朝瑤姬仙子噴着臭雲，瑤姬仙子靈巧地躲過。怪物又噴出一朵更臭的雲，瑤姬仙子被熏得睜不開雙眼，反胃得直吐。怪物洋洋得意地說：「什麼瑤姬仙子，醜八怪，滾開！」

瑤姬仙子閉着眼揮起䔄草。一陣飆風颳起，掃走漫天臭氣。瑤姬仙子睜開雙眼，變出一隻巨大的透明籠子，把怪物牢牢扣在籠子裏。怪物用尖銳的棱角兇猛地撞擊着籠子，籠子被頂出一個個小孔，牠吐出一朵臭雲，臭氣從小孔中鑽出來。瑤姬仙子變出另一隻更大的透明籠子，怪物舉起一百隻魔爪往上撐，大籠子被撐開一條縫隙，臭氣從縫隙中溜出來。瑤姬在上面又扣上一隻透明籠子，幾經折騰，怪物明顯感到疲乏，慢慢縮小慢慢縮小，最後現出原形——一隻無比恐怖的百足蜈蚣。

瑤姬仙子說：「如此頑固的蜈蚣精，你到底想幹什麼？為何與我作對？」百足蜈蚣只能乖乖道來——

牠因長得醜陋，總遭人們嘲笑，哪怕牠努力幫助人們驅除妖魔，可是誰看見牠都躲避，認為牠是不祥之物。於是，牠不僅讓地上人的外形變得比自己更加醜陋，還讓他們內心變得狠毒，甚至吐出毒氣讓他們互相鬥毆廝殺。牠化成一股輕煙鑽入土娃的身體，只要土娃張口說話，就會噴出一股殺氣，地上的人一吸到就會顛倒美醜、黑白不分、互相殘殺。

最終，牠的目的達到了，人們都以醜為美，以惡為神，自私兇狠，甚至家人之間也互相打鬥殘殺。再也沒有人認為百足蜈蚣很醜陋了，牠得到了前所未有的尊重。牠為自己的翻身欣喜若狂，牠感到自信快樂，牠享受並深愛這種感覺。今見瑤姬仙子將要傳播美，牠怕這種日子將一去不返，所以極力阻止。

牠見到瑤姬仙子頭上的蓍草，又祈求仙子把牠變得美一些。

「若把你變美了，可是你的心依然惡毒，那跟之前有什麼區別呢？」說完，瑤姬仙子從蓍草上彈出一滴露珠到蜈蚣身上，蜈蚣即刻身亡。瑤姬仙子變出一個酒罈，把百足蜈蚣收入罈中，帶回姑媱山。她往酒罈中注滿神酒，待百足蜈蚣在酒裏面浸泡足足一百天后，再把酒分為一百罈，裏面各浸泡着百足蜈蚣的一足與一段身子。瑤姬仙子將這一百罈酒，分送至東南西北中各處的大山山腳下。

山民常見山間有草棚酒肆，內有一漂亮女子招呼路人喝她的酒，那是瑤姬仙子用蓍草變出的一百名傳遞真善美的漂亮女子。

凡喝過此酒的人，都變得淳樸善良，仁慈友愛。瑤姬仙子還用蓍草使黃土坡再次變得綠意盎然。

瑤姬仙子心裏惦記土娃，她化成普通女子去往土娃的家。她離開的這五日，地上又過了五年。當年的孩子們都已成家，他們變得勤勞善良，不再穿泥衣裳，而是紡紗織布裁衣，雖無綢羅錦緞，只穿原色粗布，但耐磨，再不擔心躺着睡覺會把衣服弄破了。

可是人群中，沒有見到土娃。

一日，瑤姬仙子又趴在紅雲上俯瞰下界，一位英俊的男子騰雲而來，他微笑着向瑤姬仙子鞠一躬說：「感謝仙子對黃土坡的厚愛，在下土神願意永隨仙子左右。」

瑤姬仙子覺得此神眼熟，卻想不起在哪裏見過。土神笑笑接着說：「我是土神，曾化身土娃，與孩子們嬉戲玩樂。唯有一次不慎讓百足蜈蚣精乘虛而入，對你失敬，現特向仙子謝罪。」

瑤姬仙子早已看出土娃非同一般，但沒想到那是土神的化身。她腳尖點雲，翻幾個跟斗，拱手離開，留下一串笑聲和藞草灑下的晨露的迷人香氣，瀰漫在一座座露出雲層的山峰之間。

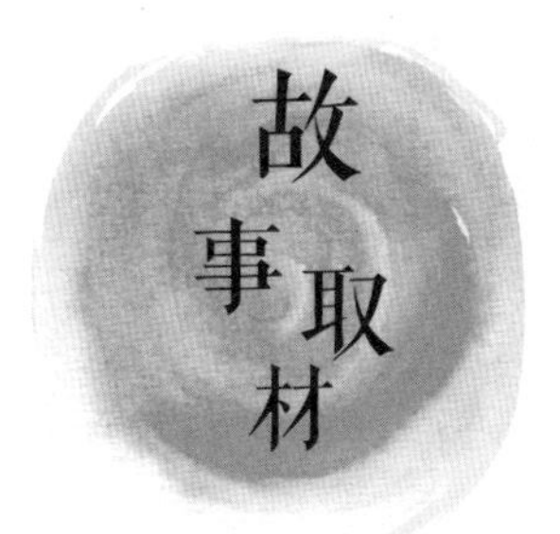

《中山經·中次七經》

原文：（鼓鍾之山）又東二百里，曰姑媱之山。帝女死焉，其名曰**女尸**，化為**䔄**（普：yáo｜粵：搖）**草**，其葉胥成，其華黃，其實如菟丘，服之媚於人。

譯文：鼓鍾山再向東二百里，是姑媱山。天帝的女兒在這裏死去，被稱為女尸，又化作䔄草，這種草的葉子重重疊疊，開的花是黃色的，結的果實像菟絲，人吃了這種果實就可以被他人所愛。

神農

肖燕 文

東五百里，
曰禱過之山，
其上多金玉，
其下多犀、兕，多象。

【南山經・南次三經】

天柱帶着咕嘰進了山，到傍晚還沒回來。咕嘰是天柱的爺爺天叔從山裏帶回來的一頭牛。爺爺上山裏的時候，牠能幫爺爺馱些獵物和野果。天柱沒有爹媽，和爺爺相依為命。爺爺近來老是咳嗽，天柱知道他是累病的。這天一早，天柱就帶着咕嘰去山裏找貝母。

貝母不好找，天柱花了好長時間才找到兩株。貝母的莖很細，葉子平滑細長，極似雜草，順着莖葉往下挖，形同貝殼的乳白色根是可以入藥的部分。天柱小心地將貝母包好，又捏了捏，然後說：「咕嘰，走吧！爺爺吃了藥，很快就會好的。」

咕嘰平時不怎麼吭聲，哼一聲，聲音也很輕，聽着都不太像牛。天柱轉過身，發現咕嘰不見了。他急得到處去找，還拼命地喊，整座山上都是「咕嘰」「咕嘰」的聲音。天柱找不到咕嘰，就趴在草叢裏大哭。

「哞——」不遠處傳來一聲牛的叫聲，聲音很粗壯。

天柱抬頭向四周望了望，看見另有一頭牛。

「別哭了，天柱。咕嘰已經走了很遠，你找不到了。」這話聽着像是從牛嘴裏傳出來的。

天柱吃驚地問：「你怎麼知道咕嘰走遠了？」

「我看見了。」牛說。

「你是牛嗎？怎麼還會說話？」

「哞——」牛又叫了一聲，算是回答。

天柱抹了一下淚，自言自語道：「咕嘰，我要找咕嘰去。」

牛說：「別找了，追不上的。」

「咕嘰不在，爺爺幹活會更累的。」天柱又哭。

「別發愁。」牛安慰天柱，「將貝母搗碎了，拌上蜂蜜，止咳的效果會更好。」

雖然咕嘰走了讓天柱很傷心，但是他又很驚訝，莫非自己碰到神牛了？不但會說話，還能治病。牛說得對，只是蜂蜜不好找。他說：「這附近很難找到蜂蜜。」

牛說：「你身後的石頭上就有。」

天柱轉過身，看到石頭上放着一片荷葉，上面盛着蜂蜜。天柱想，這一定是牛放的。他托起荷葉，又拔了根草，揪起荷葉邊並紮緊。他想趕緊把藥帶回去給爺爺吃。可是，咕嘰不見了，該怎麼跟爺爺交代？都怪自己只顧找藥，忘了看好牠。想到爺爺會心痛，天柱十分難過。

「別擔心，我帶你回去。」牛說着向天柱走過來。仔細端詳這頭牛，天柱吃驚得張大了嘴巴。這牛體格碩大，嘴唇奇厚，頭頂長着三隻角。最奇特的是，牠的肚子透明、發光，能看得到五臟。天柱看到裏面的腸子在不停地蠕動，發出「呼嚕嚕」的聲響。

「我是牛。哦，也可以叫我咕嘰。」

天柱笑出來，咕嘰可不是這樣的。但他的心安定了些許。

天柱騎上牛回天遙村。天柱在牛背上問：「你怎麼什麼都知道，咕嘰、爺爺的病，還有我的名字？」

牛的頭搖晃了一下，又是一聲「哞——」

暮色裏，有村民看到天柱騎着一頭高大透明的牛回來了，叫道：「天柱，是天柱！不得了了！不是咕嘰，是一頭奇怪的牛！」很多人都跑出來看。

牛放下天柱，說：「你先給爺爺吃藥，我明天再來。」就走了。

跑出來晚的，沒見着牛，就問：「牛呢？不是咕嘰，是誰？」

天柱只說：「牛回去了，牠明天還來。」就急着給爺爺弄藥去了。

天叔服了藥，當晚咳嗽就少多了。天一亮，天柱就起身看牛來了沒有。天柱一到坡上就驚呆了。大片的雜草不見了，土也變鬆了，呈整齊的條狀。牛正在鬆軟的土上吐着什麼。看到天柱來了，牛說 ：「這山地比較旱，我給你們種了些麥子和黃米。黃米潤肺養陰，能補虛勞，天叔吃了最好。麥子也好，能補氣。」牛看着發呆的天柱和陸續聚攏來的村民說：「放心吧，這是五穀種子，種在地裏能長出糧食來。有了它，大家就不會挨餓了，還能少得病。」說罷，牛嚼着種子說：「這是我跑了好多地方，嚐了好多東西後才找到的，沒毒。等收割了大家儘管吃。」牛粗聲粗氣的，顯得底氣十足。

「太好了！」有人叫道。大家本來對肚子透明的牛感到很害怕，可是看到牛的耕作，再聽了牠的一番話，都激動地跑到牛身邊，想把牠抬起來。可是牛太重了，大家只好說：「真是神牛啊！」

牛卻說：「等收穫了糧食，你們都吃飽了，就抬得動我啦！」

大家就說：「好啊！好啊！」有人拿起牛犁地的工具問牠：「這是什麼？」

牛說：「這叫耒耜[1]，用它犁地能省些力氣。」

看到大家一臉疑惑，牛說：「等着。」牠找了一塊滿是雜草的空地，原地轉起來，像一股旋風般越轉越快，看上去簡直成了一團濃霧。之後，一個長着牛首的人出現了。他身高八尺有餘，披着藤葉，身形健碩，一看就是打獵、幹活的好手。他嘴唇很厚，頭上有三隻角，從正面能看到兩隻，還有一隻長在後腦勺上。

所有的人都張大了嘴，驚呆了。但他們很快就認出這就是剛才的牛。天柱大叫：「神牛原來還是神人啊！」

「神人」像沒事一樣，抓過耒耜犁起地來。大家都很好奇，有人從他手中接過耒耜，也照着他的樣子犁地，還問他

---

① 耒耜（普：lěi sì　粵：類自）：傳說中中國最早的翻土播種用的農具。

耒耜是怎麼做成的。「神人」就先帶大家找來了木頭，再教他們怎麼製作農具。一段時間後，村民們漸漸學會了農耕，日子便安穩下來。平日裏牛還是牛身，但不管他變不變成人身，大家都叫他神農。

神農來了之後，還找來野蓬蒿，搗成汁，連着給天叔喝了三天；又去採了山茶根、玄及、酸棗和枸杞，煎了湯，讓天叔接着喝。一段日子後，天叔的病就好了。

天柱對神農說：「你真神呀，什麼都會。」

神農甩甩尾巴，搖晃一下身體說：「我神着吶！再讓你瞧瞧？」他的大圓眼珠轉向天柱，說：「上來吧！」

天柱麻溜地爬上牛背，緊抓牛角，他不知道神農要給他看什麼。

「走嘍！」神農一聲大叫，接着又喊，「衝啊！」還沒等天柱反應過來，神農就衝出了幾百米。

天柱在神農的背上一路顛簸，好像就要摔下來了。神農飛一樣地奔跑着，天柱在他背上搖來晃去，就是摔不下來。等到神農停住腳，天柱順勢滑下，仰面朝天，他說：「你一定打過仗，是個大英雄。」

神農只是「哞——」地叫了一聲。

天柱知道他不想說，又問：「這是什麼地方？」

神農說：「離天遙村不太遠。要不要去更遠一點的地方？」

天柱二話不說又爬到神農背上。一路上，神農聽天柱說了好多村裏的事，他還知道了天柱從來沒有騎過咕嘰。

這天，他倆不知不覺走出很遠。神農告訴天柱：「對面就是樂馬山。」他又指着西北方向說：「靈山在那個方向，很遠。那裏有很多草藥，像赤靈芝、沉香、神草、雪蓮花和首烏，什麼都——」神農突然停住了，望着樂馬山。

天柱看了一眼，沒發現什麼。

神農說：「不好，要壞事。」天柱不解，神農說：「看到山上有個紅獸沒有？長得很像刺蝟。」

天柱仔細看了看，然後說：「好像有。」天柱看到好像是有一頭紅獸在山林裏若隱若現的。

神農說：「那應該是㹶[②]。」

天柱問：「㹶？」

神農深吸了一口氣，說：「出現就麻煩了，會有大瘟疫！」

大瘟疫？天柱沒見過，但是聽說過，那可是要死很多人的。「怎麼辦？」天柱趕緊問。

神農望一下天空，滾滾烏雲正往這邊來。「要是再下大雨，就更糟！走，快回去！」剛說完，他就帶着天柱飛奔回村。

進了天遙村，神農就吩咐天柱去通知各家各戶收好食物、儲好乾淨的水。然後，他說：「我去多找些苦艾、黃連、忍冬、野悉蜜什麼的，先對付着，再想別的辦法。」說完，他就走了。

---

②㹶（普：lì 粵：戾）：傳說中的一種災獸，一旦出現就會引發瘟疫。

瘟疫齜牙咧嘴的，在潮濕和混合着腥味的暖風的助力下，很快就闖進了天遙村。一晚上的工夫，就有人倒下了。神農將採回的草藥分給大家，並大喊：「來不及熬湯，就快點嚼了嚥下！」

倒下的人越來越多。山林失去了活氣，陷入死寂。神農知道他採的那些草藥怕是擋不住瘟疫的蔓延。他不斷到各處查看病情，有的病人身上的紅腫已經變成黑紫。天叔也染上了瘟疫。他身上出現了紅腫，還有黑色的淤血，碰一下就疼得慘叫。沒過多久，他瞪着眼睛不停地喊天柱，身體卻動不了了。天柱要撲到爺爺身上，被神農一把抓住。接着天叔雙眼發直，再也發不出聲了，一股黑色膿液從天叔嘴邊流出。天柱號啕大哭，他不能沒有爺爺。

村裏有人死了，天叔也死了。神農的心如刀割一般。他想，得趕緊找藥去！這場瘟疫來勢兇猛，很多地方都在發生，得救成百上千人的命啊！再難也要找到藥！他的腦袋狠狠撞了一下樹幹。

前坡的大旺也染上了瘟疫，還被蛇咬了。神農看了看大旺的傷口，傷口不大，但很深，他判斷是被三角毒頭蛇咬的。三角毒頭蛇唇白嘴尖，有劇毒，被牠咬了，不到半個時辰必死無疑。大旺臉色開始發青，嘴角淌着白沫。神農用力幫他擠出毒液，又將腳目草嚼爛敷在他的傷口上，再命人將番杏葉搗碎了讓他服下。半個時辰後，大旺開始吐黑水。「不行了。」有人搖着頭說。兩個時辰後，大旺不吐黑水了，身上的紅疹和腫塊也消下去了一些。大旺沒死，大家都覺得驚訝。

神農喊：「快去抓三角毒頭蛇！」他帶了幾個村民提了木棍去草叢裏找。

有人發現了三角毒頭蛇，牠正躲在大石頭後面的草叢裏。神農躡手躡腳地過去，猛地掐住蛇頭。「快拿片葉子來！我要取毒液。」有人將葉子遞過去。神農拿樹枝逗弄着蛇，說：「蛇毒或許能抗瘟疫，就是讓牠以毒攻毒。」

蛇怒了，噴出一股毒液。神農把蛇交給別人看管，然後湊近毒液。

有人叫道：「小心！碰到會沒命的！」

有個上了年紀的人喊：「神農！你要試毒？」

神農點了下頭，說：「不試一下，就不知道行還是不行。」

「解藥呢？有解藥嗎？」上了年紀的人又問。

神農當然想到了解藥。可是，現在哪有時間去找青木香和地錢？就算找來了，也不一定能解三角毒頭蛇毒液這樣的劇毒。神農說：「就用苦艾和黃連。」說罷，不等別人再說什麼，他就舔了一下毒液。很快，他全身控制不住地顫抖起來，隨即摔倒在地，四肢抽搐，痛苦地打着滾，口吐青沫。

神農中毒了。大家看到他的腸子很快變成了黑色，而且停止了蠕動，痙攣成一團。

上了年紀的人喊：「苦艾！黃連！」有人拿來了搗碎的苦艾和黃連塞進神農嘴裏。

服了草藥，神農沒有好轉。天柱看到神農的眼神想起了爺爺，他拼命喊：「神農！神農……」

大家不知道該怎麼辦了，急得團團轉。有人說：「用番杏葉！也許毒能從腸子裏排出來。」

「來不及找了，剛才那一點給大旺用了。」有人回答。

「我拿野菊去！」天柱說。他聽爺爺說野菊能清火解毒，而且好找。拿來後，天柱把野菊嚼碎了放進神農嘴裏。

過了半個時辰，神農的腸子慢慢恢復了蠕動，顏色也變淡了。他醒了過來。大家這才鬆了一口氣。

天柱抱住神農，激動地說：「太好了！神農沒事了！」不等神農開口，他又興奮地說：「神農，是不是能用蛇毒對付瘟疫了？」

大家都點頭說：「是啊，這下有救啦！」

「神農，讓大伙都去抓些三角毒頭蛇吧！別的毒蛇行嗎？」

神農大叫：「不行！」

大家都呆住了，大旺不是症狀減輕了嘛！你神農試了，不也扛住了毒性嗎？沒時間了。

大家的想法全寫在臉上，神農都明白。他說：「大旺瘟疫的症狀好像是減輕了，但是他能不能扛過蛇毒還不知道。這種劇毒，普通人是很難扛住的。我這麼大的個兒，都差一點送命。」

有人喊：「不好了，大旺不行了！」

大家趕緊去看大旺。大旺兩眼發直，全身已經僵硬變形。神農說的沒錯，蛇毒太厲害了。

「真的沒有能治瘟疫的藥嗎，神農？天叔死了，大旺也不行了，很多人都染上了瘟疫，難道就這麼等死嗎？」有人哽咽着說。

神農長歎一聲，說：「我再去找些能用得上的草藥來。」說完，轉身就走了。

很快，神農背了大捆草藥回來。這次還加了牡丹皮、連翹、知母、板藍根、夏枯草、甘草、土茯苓等。他一一教大家如何分辨、使用。他說：「這些草藥有一定的解毒預防作用，先按我說的做。我這就去找解瘟疫的藥。有了藥，所有的人就都有救了。」

正說着，天空中厚厚的烏雲終於承受不住，雨嘩嘩地落下來。「快，保護好草藥！」神農大吼。「記住，大家分散着住，不要亂跑。有病人的，要注意通風。我找到藥，馬上就回來。」說罷，他龐大的身軀很快就融進雨裏。天柱沒半點耽擱，也衝進雨裏，他的身影很快也變得模糊了。

雨停了。神農和天柱來到了一個陌生之地，四周一片狼藉。大雨加快了瘟疫的傳播。很多人躺倒在地，也有的人靠在樹邊、石頭上，有老人，有孩子，也有年輕的男人和女人。到處都能聽到這樣的叫喊聲：「難受死了！」「救救我！」「疼死了！」這些人的臉因痛苦而變了形。走近了，還能聽到許多呻吟聲；發不出聲音的，就用哀傷的眼神望着你。有的人身體不住地扭動掙扎，有的則直挺挺地動彈不

得。他們的臉色有的發紅，有的發青，還有的又灰又土。空氣裏是各種腐爛的氣味，夾雜着濃腥。坡上死去的動物橫七豎八。水溝裏是黑乎乎的，一些魚蝦、禽類腐爛得只剩下了骨架。到處都在嗚咽……

天柱看到這些，又想起爺爺，忍不住失聲痛哭。神農的眼裏也滿是淚水。他和天柱找了一些藥，分給健康的人用作預防，再教大家把或許能減輕病症的藥搗碎了分給病人。

「快，天柱。」

不用多說，天柱一下子跨到神農的背上。「去靈山？」他問。

「靈山太遠了，先去陽山，那裏有不少藥。」說罷，神農衝出很遠。風像一把把刀子在天柱耳邊嗖嗖地削過。

他倆到了一處懸崖下。神農變成人身，他望着峭壁說：「天柱，你等着，我上去找找。這上面草藥多，一般人採不了。」不等天柱回答，他就手腳並用，三下兩下爬到峭壁上。他倒掛在石縫處的老藤上，採下好多種草藥，天柱都不認得。神農下來後又變回了原樣，他說：「長在崖上的草藥生長時間長，藥性足。」他拿起一種葉頭呈圓形的草，聞了聞，說：「這是薰草，能辟穢，要是和九頭根一起用……」神農將綴着九顆小青果的九頭根和薰草放在一起嚼食。不一會兒，他開始打嗝，越打越多，頭和身體都抖動起來，腸子也「呼嚕嚕」地快速蠕動，一陣排氣聲劈啪作響，很快，他腸子裏的廢物就排淨了，看上去像洗過一樣。天柱目瞪口呆。神農點點頭，說：「嗯，這兩種藥放在一起很管用，不知道對付瘟疫的效果好不好，一般是不拿薰草內服的。」他又聞了聞薰草，說：「還是得多嚐些別的草。」

他倆往深山走，看到一種很像辣椒秧的草，生反刺，結着紅紅的果實。天柱很好奇，神農說：「那是帝屋，可以防凶邪。」神農又拿起另一種莖呈方形的草說：「這是牛傷，能強身，還能防病治病。如果它們能預防瘟疫，得救活多少人啊！」

天柱說：「那讓我也試試？」

神農說：「行，我們多帶一些給大家服用。如果染上瘟疫的人減少了，就證明它們能預防瘟疫。不過——」神農的呼吸加快了，他接着說，「還是得儘快找到治瘟疫的藥！」他甩一下腦袋，喊一聲：「走！」便帶着天柱繼續往深山裏去。

他倆在山裏幾天幾夜，嚐的草藥不下百種。只要看到神農的腸子開始變黑，天柱就喊：「這草有毒！」

神農一邊發抖，一邊說：「不毒，怎麼找解藥。」因為疼痛，他說話時像嘴裏含了顆果子。如果他發現吃了大青葉，或者其他的草能減輕毒性，他就會興奮地對天柱說：「採，大把採！這個能解毒。」

天柱依言採了好多，然後問：「什麼時候回村？」

神農搖搖頭，說：「解瘟疫的藥，靠這些還不行。」他頭也不回地繼續往山林深處去。神農嚐了太多的毒草，腿腳都不怎麼聽使喚了。他知道這是神經受到了損傷。他放慢步子，努力穩住身體，不想讓天柱看出來。天柱背着草藥，也

累得快走不動了，但是他從沒想過離開神農。他倆或痛苦或疲憊的神情在一抹餘暉中竟顯出一些柔和與平靜。

神農聞到一股芳香，循着香味過去，發現了一種異草。它開着球狀的橘色小花，莖上有層微紫的絨毛。神農把它放進嘴裏咀嚼，很苦，嚼過之後有一點點甜。這藥在他腸子裏跑來跑去，好像把他的腸子給洗了一遍，原先已經發灰的腸子變得又白又乾淨。神農覺得身體變輕了，四肢也變靈活了。他激動地自言自語：「這藥不錯！」然後對天柱說：「它要是能治瘟疫，就叫它仙草。」他又說：「天柱，我再多嚐些。如果吃了毒狀和瘟疫症狀相似的草，就用它來解。」

天柱擔心神農，但什麼也沒說，只是採了很多這樣的草。神農仍是一路走，一路嚐。有一種草引起了神農的注意，它開青色的花，結白色的果。神農將它嚼碎後嚥下肚子。

沒過多久，神農身上竟然出現了大大小小的腫塊。他龐大的身軀變得笨重和遲鈍起來。黑色毒液在他的腸子裏到處亂竄，蠶食着他的五臟六腑。神農忍不住叫喊，靠着不停地跑動來抵禦疼痛。跑動的時候，無數的小石子和土塊被他踢起，揚得到處都是。

天柱舉着藥追着喊：「吃藥吧！神農。」

神農說：「再等等。」

天柱急得直跺腳，聲音都變了：「晚了要送命的！」

神農沒再說。天柱想，也許他疼得發不出聲了。但是，天柱感覺神農還是想再堅持一會兒。天柱無奈地跌坐在地。

神農倒下了，他的頭部和身體不住地發抖和抽搐。天柱衝上去，緊緊抱住神農，想把藥硬塞進他的嘴裏。神農緊閉嘴唇，使勁搖頭。天柱明白他的意思。神農身上的紅腫有的變成了青紫色，肚子上的腫塊像是懸浮着，訴說着悲涼。

神農直愣愣地望着天柱，他無法動彈，嘴角流出黑色膿液。天柱驚呆了——神農的症狀和爺爺的很像！再不用藥就晚了。他把藥胡亂塞進自己嘴裏，拼命咀嚼，再餵到神農嘴裏，幫助他嚥下。

神農的身子突然抖動了一下，厚厚的嘴唇張了張，但沒發出聲音。天柱看到他的腸子盡情地蠕動起來，「呼嚕嚕」的聲音震耳欲聾。他接着給神農餵藥。

神農發黑的腸子在蠕動中不斷往外排毒，顏色漸漸變成淡灰色。他重新站立起來。

「天柱。」神農開口了。

天柱又驚又喜，他撲到神農身上喊：「神農，你沒事了！太好了！嚇死我了！」他又抓起草藥，揮舞着說：「治瘟疫的藥找到了！它就叫仙草了！」不等神農發話，他又噙着淚說：「可惜爺爺回不來了。」

神農說：「天叔知道我們找到了藥，他會高興的。」又說：「走，大家都等着我們吶！」

神農用仙草挽救了無數人的生命。瘟疫退去，大地重現生機。天柱又跟着神農去了很多地方。後來，天柱一個人走在了回天遙村的路上。

離天遙村不遠了，他來到初次遇見神農的山上。這裏沒有什麼變化，天柱想。他靠着樹坐下休息。迷迷糊糊中，天柱看見斜前方有頭牛站着。神農？他猛地瞪大眼。是有一頭牛，一頭普通的牛，沒有透明的肚子，體格也比不上神農。天柱對牛說：「瞪着我幹嗎，吃草去吧！」說完，他閉上眼，小睡了一會兒。等到醒來後，牛還在附近，牠在吃草。天柱站起來，對牛說：「我走了。」他要在傍晚前回到村裏。沒走幾步，身後傳來一聲很輕的「哞——」

怎麼叫起來跟咕嘰似的！這麼一想，天柱猛地回頭，和牛對視了一小會兒。天柱走過去，牛沒動。天柱說：「你要是咕嘰，就再叫一聲。」牛一聲不吭。天柱又說：「那我走了。」他轉頭就走。

牛又衝他叫了一聲，聲音比剛才響了一點。天柱聽出來，這就是咕嘰的聲音。他轉身緊緊抱住牠不放，又摸摸牛角，說：「咕嘰，是神農叫你來的嗎？」他的眼裏含着淚。

天柱回到了天遙村，他是騎着咕嘰回來的。大家都跑出來迎接他。他們說：「天柱長成大小伙了！」他們看看咕嘰，問：「神農呢？」

天柱說：「他去了很遠很遠的靈山。他說要去那裏多找些藥材。」之前沒來得及說的神農捨命嚐藥的經過，天柱也都一一地講給了大家聽。

咕嘰低着頭吃草，好像也在聽着……

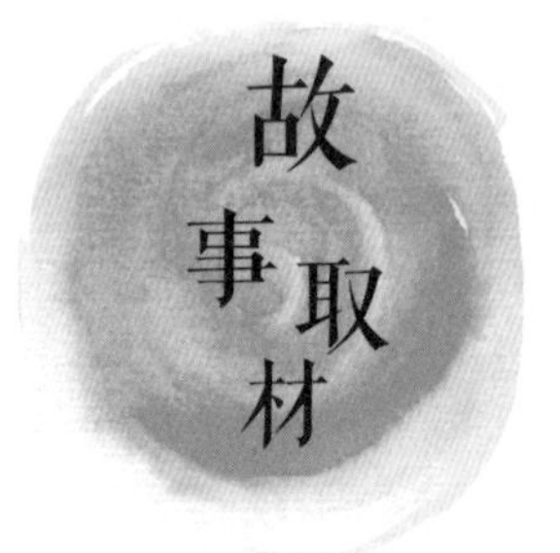

故事取材

《南山經·南次三經》

原文：（天虞之山）東五百里，曰禱過之山，其上多金玉，其下多犀、兕，多象。

譯文：天虞山再向東五百里，是禱過山，山上盛產金屬礦物和玉石，山下有很多犀、獨角牛，還有許多大象。

犀（清·汪紱圖本）

犀的樣子像水牛，通體黑色，有三隻角，分別長在頭頂、前額和鼻子上。古代傳說中，犀專門挑揀有毒或有荊棘的草食用，犀角可以解毒。

《中山經·中次十一經》

原文：（畢山）又東南二十里，曰樂馬之山。有獸焉，其狀如彙，赤如丹火，其名曰猴（普：lì 粵：戾），見則其國大疫。

譯文：畢山再往東南二十里，是樂馬山。山中有一種野獸，牠的外形像刺蝟，通身赤色猶如一團丹紅的火焰，牠的名字叫猴，牠一旦出現，所在的地方就會流行大瘟疫。

猴（清·《禽蟲典》）

是一種災獸，樣子像刺蝟，全身赤紅。牠出現在哪裏，哪裏就會流行災疫。